你最近还好吗

HOW HAVE YOU BEEN

前任博物馆

——著

江苏凤凰文艺出版社
JIANGSU PHOENIX LITERATURE AND ART PUBLISHING, LTD

图书在版编目（CIP）数据

你最近还好吗 / 前任博物馆著. — 南京：江苏凤凰文艺出版社，2020.1

ISBN 978-7-5594-4212-3

Ⅰ. ①你… Ⅱ. ①前… Ⅲ. ①故事–作品集–中国–当代 Ⅳ. ①I247.81

中国版本图书馆CIP数据核字（2019）第268821号

书　　名	你最近还好吗
著　　者	前任博物馆
责任编辑	孙金荣
特约编辑	易家成
策划编辑	王　岚
出版统筹	孙小野
责任校对	孔智敏
封面设计	八牛·设计 34508448@QQ.com 8NEW DESIGN STUDIO
出版发行	江苏凤凰文艺出版社
出版社地址	南京市中央路165号，邮编：210009
出版社网址	http://www.jswenyi.com
印　　刷	三河市金元印装有限公司
开　　本	880毫米×1230毫米　1/32
印　　张	9
字　　数	120千字
版　　次	2020年1月第1版　2020年1月第1次印刷
标准书号	ISBN 978-7-5594-4212-3
定　　价	45.00元

目录

CONTENTS >

你真的相信男朋友“出差”去了？

Miss Anonymity

你真的相信男朋友“出差”去了？

讲一个推理小故事，和各位分享。

我的前男友是一个身材、长相、学历、收入均尚可的男生，这个故事发生在他毕业的第一年。彼时他刚刚入职一家大型国企，内有叔父举荐，外有专业素养加持，前途看似一片大好。

我们在一起也有两年多了，大体看来各方面都没什么不妥，唯独一点也是很严重的一点就是，他不太老实。

这个“不太老实”怎么解释呢？

我们在一起的时候各方面没什么大问题，“三观”契合，兴趣相投，既可同去偶像的演唱会，也可同去隐匿于市井窄巷的酒馆。我们也时常结伴出游，曾登五岳访名山，也曾趁花季泛轻舟。彼此父母皆知礼明事，我们是亲戚邻里都祝福的一段姻缘，换句话说，现在也到了择良辰待吉日，领证办酒的阶段。

但是我们不在一起的时候，他玩的花样就有些多了。

我知道他是某交友App的深度活跃用户，只是我一直在自我安慰，也一直觉得他“有贼心没贼胆”。说起来我也未曾发现过他有任何“不正当交友”行为，所以关于此类话题，我们从来没有正面交流过。

直到那次发生的事情。

某个周五，他告诉我他要去某省会城市参加一个会议，周五下班以后出发，因为会议时间定在周六早上。周五下午，他乘六点多的高铁去了该省会城市，我没多想，以为这只是一次简单的出差。

他走的时候，将购买火车票的手机页面截图发给了我，我看到他的手机电量还剩 60%。

一个半小时的高铁很快抵达，大概八点，他在去宾馆的路上和我报了平安，接着告诉我手机没多少电，不多说了。

接下来我去忙自己的事情，晚上 11 点睡觉前给他发了“晚安”，他没有回复。我有点疑惑，他平时不会这样，我猜他大概是在洗澡，没多问便睡了。

一夜无梦。早上七点我醒来看手机，看到了凌晨两点半他给我回的信息，果然说去洗澡了没看到，让我好好睡觉，做个好梦，还有“晚安”和“么么哒”的表情。

早上七点半我回复他:“什么时候回来呀，票买好了吗？”

他回复我一张截图，我看到他手机电量还剩 22%。

我记得他昨天下了车就说手机快没电了，现在电量从60%到22%，看起来像是一晚上没充电的样子。

但是我很清楚，他平时很介意手机电量低，睡前也有充电的习惯。

还有，这个平日里特别贪睡的人，半夜给我发“晚安”和“么么哒”，还附有标点和表情，说明凌晨时分他还没休息，看起来还比较清醒。如果是半夜醒来他会继续睡觉，而从他回复信息的状态看不像是刚刚醒来，所以我猜半夜应该是发生了什么事情。

外出开会，难道不应该是吃了晚饭、刷刷手机就早点休息吗？这本该是没有夜生活的一晚。

我猜，他昨天下了车以后可能有一些要忙的事情，使他没来得及给手机充个电。

从60%到22%的电量变化，有可能是由于他忙着做事不着急充电，或者压根儿没用过手机，对剩余电量比较有信心。

早上七点多的时候，我想到这些，觉得事情开始有趣了。

没错，我猜这个小伙子昨晚应该过得不太简单。

我不愿意被蒙在鼓里，也不愿意揪着对方问个不休，所以我决定自己动手。

我打开电脑，查看了他所有的社交动态——朋友圈没有更新，微博已经弃用了三年，QQ空间早就关了，我有点无从下手。

然后我打开了知乎，点开他的头像，发现个人资料没有更新，但隐约感觉到一丝异常。

关注他的人多了一位，他关注的用户也增加了一位。

我按照通常的习惯倒序查找，没有找到陌生的用户 ID。往下滑了一页，才看到一个用自拍当头像的姑娘。

事情发展到这里我就明白了，他最近和这位姑娘互相关注，但是故意把这位姑娘藏在了许多已关注很久的用户前面。简单来说，就是他倒序“取关”了二十来个用户，然后关注了这位姑娘，接着再把取关的用户一一添加回来。

我们都有看彼此知乎动态的习惯，所以他做了这项隐藏。

若不留心数字变化还真看不出来。

知乎用户大都了解一个常识，粉丝数量不多的用户互相关注，一般分为两种情况：第一是彼此相识的朋友，第二是由于用户的某个动态很有趣。

这时候我觉得事情的发展更有趣了，我想看看这是一位怎样的姑娘。

我点了姑娘的头像进去，她的用户名看起来很像本名，个人简介里提到了自己所从事的职业，头像是一张有猫耳朵和熊鼻子点缀的自拍。她关注的用户有 70 余位，关注她的只有两位，其中之一便是我这位前男友。此外，她还有些动态集中在近三个月内，近一个月内有 5 个回答，赞同数与评论数寥寥，回答的问题类型以“爆照”类问题为主。昨日的动态是关注了一个和腰窝有关的“爆照”类问题，最后一个回答也正是在这个问题之下。

这篇回答发表的时间是周六凌晨两点，内容很简单，是两张完整的女性裸背图，腰窝若隐若现。值得一提的是，腰际还有一处文身，连我也不得不承认十分性感。

但从拍摄角度来看，这不是张自拍。

巧合的是，周六凌晨两点，我男友也没睡，后来还比较清醒地给我回了微信。

我返回查看了这些问题的描述页面，关注的人并不多，只有43人。

接下来，我查看了她近一个月内的其他回答，基本以“爆照”类问题为主。

我分别看到了她的腰窝、酒窝、锁骨、双眼皮和其他角度的自拍。从回答的发布顺序来看，她的操作基本是先关注大话题下的小问题，然后再写回答。值得一提的是，这些问题都不是大话题下的热点问题，我推测应该不是知乎给她推送了这个问题，而是她有了相关照片，需要搜索一个问题，只为“爆照”。

我在她的酒窝、锁骨、双眼皮等近一个月内的“爆照”类回答的评论区，都看到我亲爱的男友的评论，内容基本没有文字，只有一个卖萌的表情。相同的是，他都没有给这些回答点赞，只是写了评论。

有一瞬间，我突然明白很多网友说的“不敢点赞就写个评论吧”是怎样的心情。

最巧的是，这位姑娘资料里写的常住城市正是他出差的城市。

至此，我觉得事情越来越不简单了。

我现有的信息是这位姑娘的知乎 ID、姓名（如果 ID 上是真名的话）、相貌特征、常住的城市，以及她爱美，喜欢自拍，并乐于在社交软件展示自己的性格。

最重要的是，周六这天凌晨两点左右，她和我男友在同一阶段都处在活跃状态。

目前我只知道这么多，不知道下一步应该怎么走，我陷入了僵局。

我下床给自己倒了一杯水，考虑下一步做什么。

没有思路，我重新打开微博，输入了她的知乎 ID，在用户页面向下滑了一页后，我看到了一个熟悉的头像，正是那位姑娘在知乎用的头像。

她微博的用户名是知乎 ID 加一个英文名。

微博动态内容乏善可陈，以化妆品抽奖和自拍为主，自拍基本在知乎的回答里都看到过。

有趣的是，她最近的一条微博发布时间是周六凌晨 1：55，内容是有腰窝文身的裸背图和蛋糕图，配文是“祝我生日快乐”，下附一个地点定位。

地点定位在该省会城市某连锁快捷酒店火车站店。

我放大两张图片，观察背景，看到了该连锁快捷酒店的内饰环境，是他们标志性的橘色灯和米黄色墙壁。

那么现在来看，基本可以确定的是，这位姑娘周六这天过生日，在火车站附近的连锁快捷酒店庆生，但房间里应该不止她一个人——有同行人当天给她拍了照片，即那张有腰窝的裸背图。

我继续往下滑，看到了她经常使用的定位，确实是在该省会城市。

她就读的大学是某省林业大学，原创微博包括自拍、美食和看起来不表露单身与否的情绪表达等内容。

我打开地图，输入她的校区地址和该连锁快捷酒店，相距 7 公里有余，地铁并不直达，需要换乘公交，因有路段维修，驾车也需要绕行。

从交通便利的角度来看，我相信她如果仅仅是为了找个酒店庆生，不会选择这么远的。巧的是，我男友就在附近的火车站下车，开会地点也在火车站附近。

我记得他说过，是为了方便出行，才将住宿酒店定在火车站附近。

得到地点信息后，接下来我需要更多和时间有关的信息。

我统计了她在一天内发微博的数量，并根据时间段制作了对比图表。

图表显示，这位姑娘的微博更新频率很高。根据 30 天样本数据，除去原创内容，每日转发的抽奖信息 20 条有余，时间分布在早七点到晚十点。

其中，早七点至八点、晚九点至十点两个时段发布的微博数量较为集中。根据她的作息时间推测，应该是在刚起床和快入睡的时段动态最多。

数据结果显示，这位姑娘近一周的微博平均日更新量为 24 条，但周五这天只有 3 条。从上述信息几乎可以推定，昨天这位姑娘有一段时间没有登录微博，忙于庆生事宜，微博上出现了一段社交空白。

接下来，我找到她大学的贴吧并输入她的名字，发现了一张校医室开具的疾病诊断单，上面写着的学校、人名、专业都与她对得上，发帖人的用户名是她的名字加英文名加日期，日期显示正是周六这天。

我顺着贴吧把她发过的帖子都找了出来，从高中在贴吧和男生表白，到大学和男朋友公开秀恩爱、争吵。不到两个小时，我看了个遍，对她的性格也算是有了个大致了解。

一上午的时间“哗啦啦”就过去了，我叫了个外卖，边吃边想下午做什么。

现在回想起来，当时无从下手的感觉依然强烈，喉咙发紧，心悸手抖。

我几乎是硬着头皮想找出来能够推翻我的猜测的证据。

12 点半，我在官网找到这家连锁快捷酒店的订房电话，打了过去。

以下是通话记录：

我："您好，我是昨晚在这里住的客人，退房的时候充电器好像落在房间里了，请问打扫卫生的阿姨看到了吗？"

客服："女士请问您的房间号是多少呢？"

我："具体的房号记不清楚了，我的名字是 ×××（那位姑娘的姓名）。"

客服："请问是用您的姓名预订的房间吗，可以提供一下手机号码吗？"

我（听到这里我心情复杂，声音颤抖）："我用的是我男朋友的名字，×××（男友姓名），手机号码是 ×××（男友手机号）。"

客服："好的，女士您稍等，我问一下 ××× 房间的保洁阿姨。"

我返回知乎，找到了那个和腰窝有关的回答，看到评论区有一条评论问："在腰上文身疼不疼？"

她回答："不是文的，是用文身贴纸贴的，当天洗澡时就掉了。"

事已至此，我再也骗不过自己。

没错，在我准备择良辰吉日嫁与此人之时，他正在和一位姑娘在酒店庆生，并拍下了有腰窝的裸背照片。凌晨一点至两点他们尚未休息，双双清醒，共度良宵。

下面让我来按照时间顺序总结一下事情的发展经过：

一、我的男朋友不知通过什么途径认识了这位姑娘，先是在知乎上关注她，近一个月内又在她的回答下仅评论，不点赞，且为她调整了自己关注列表里的人员顺序。

二、这位姑娘常住省会城市，周五这晚庆生。而我男朋友周五下午正好要去该省会城市开会。

三、我男朋友周五下午动身，提前预订了酒店。为了方便出行，他没有预订这位姑娘学校附近的酒店，而是选择了火车站附近的某连锁快捷酒店。

四、下车到达酒店后，他告知我手机电量不足，此时他应该已经见到对方，不便一直用手机和我联系。晚上的活动应该是两个人一同吃饭，给蛋糕拍照，再给裸背拍照。

五、下车后至凌晨两点左右，他们都出现了时段相对一致的社交空白，说明这段时间两个人在见面，且都没有用手机（我男朋友的手机电量随时间递减，这位姑娘的微博没有更新）。

六、周六凌晨两点左右，他们在同一时段内出现了社交活跃的表现：他回了我的微信，对我说“晚安么么哒”；她则发了条微博，内容是“祝我生日快乐”，而后又在知乎答题——“有腰窝是一种怎样的体验？”

他们的动态时间一致，应该是由于某件共同的事情做完了，同时拿起了手机。

七、周六早晨七点，我看到了他凌晨两点半给我回的消息。

八、周六午饭之前我查了一些信息，午饭后给酒店前台打了电话，

确认他们周五入住了同一间房。

九、根据这位姑娘自己的说明——文身的有效性为一天，可以推测文身不是提前贴好的，照片也是周五当天拍摄的。一个女孩子在过生日当天，要做一件时效只有一天的事情，况且三月份还不是穿露脐装的时候，文身贴在后腰这个位置，我猜她大概是有什么特殊的人要见。

我的推理就到这里。

我很珍惜我这个男朋友，也很在乎他。我从来没有想到，证据法学与侦查学教授教会我的本领，有一天会用在这样的场合。

我猜大多男生都会喜欢大大咧咧、没那么多心眼的姑娘，如果我本身压根儿不知道这件事，我和他想必还是恩爱情侣。

所以我选择暂时不提此事。他出差回来以后，我们照旧如胶似漆，恩恩爱爱。只是我们再也没有亲密接触，他每次想亲我，我都会下意识躲开。

两周以后，他告诉我又要去省会城市开会。我查看了那位姑娘的微博，大概是两个人又要见面。我等他周末回来，去火车站接他，听他抱怨拥挤的车厢和冗长无趣的会议。

还没等他说完，我打断他，提了分手。

他一脸疑惑问我为什么，我反问他，×××（那位姑娘）的腰窝好看吗？他先是沉默，然后说对不起，和她是交友 App 上认识的，只是玩玩。

我看了看他，没有说话，艰难地去路边打车，哭声吓到了出租车司机。

今天是2019年4月24日，我们分手760天了，最难过的时候已经过去。仔细回想，我是真的喜欢过他，我们在一起的甜蜜与默契不可言说。可后来我也真的喜欢不下去了，因为伤了心。这其中的挣扎，不足为外人道。

希望看到这里的你可以珍惜眼前的人，如果可以，伸手抱一抱他。在他很在意你的时候，也请你在意他。如果真的感到彼此不合适，也请你明确告诉他。可以不爱了，但至少要坦诚。你偷偷做过的那些对不起他的事儿，他有可能知道，也有可能不知道。你的他有可能像我一样，是个心思缜密、专业课优秀的“小柯南”，也有可能只是一个大大咧咧、对你好到没边儿的傻孩子。但不管怎样，人心都是肉长的，都会难过。

后续发展：

因为舍不得，我当时打车走了之后还没拉黑他的联系方式。我走以后的第二天，他给我打了一通很长的电话，向我承认错误，表达歉意，斥责自己的过分行为，言辞恳切。一言以蔽之，他只是出去“走了趟肾”，并没有动心。他依旧爱我，心里有我，想娶我回家。

我问他为什么有第一次还会有第二次，对象还是同一个人？他解释道，这种事总觉得没被发现就永远都是第一次，大概是侥幸心理作祟。

再后来，他和我讲了“开放式性关系”与“灵魂伴侣”的观点，我认真地听完，对其中的几句话记忆犹新：

“人这一辈子这么长，有谁真正甘愿只和一个人分享身体呢？我们可以只爱一个人，但是只亲近一个身体就不必要了吧。如同人们总爱去不同的美食餐厅打卡，以品尝不同的风味，和不同的人分享身体的经历也可以丰富人生，让人享受不同的感觉。”

这一次换我沉默。

我没有想象中那样难过到心悸手抖，也没有跳起来大声骂他：“真是个百里挑一的高品质人渣。”

我没有指责他的观点，只是告诉他，我相信会有一个和我“三观”一致的人在未来等着我。我无意谴责这种两性观念，只是不接受。我不能想象，如果以后我结了婚怀了孕，那个与我朝朝暮暮生活在一起的男人，背后在和别人纠缠不清，然后再回来拉着我的手说爱我。这不是我想要的爱情。

希望他和他以后的“灵魂伴侣”可以用“走肾不走心”的方式爱着对方，但是不要用这种“三观”来折磨我。

也希望以后我可以和一个信仰忠贞爱情的人相守到老。

借一句当下的话，我们因为五官相爱，但因为“三观”分开。

有人问我，如果他半夜没有因为心虚回我微信，如果截图的时候没有带上电量，是不是就没事了？其实并非如此。一件事情只要发生过，企图掩盖它就需要把所有的痕迹都藏好，而事情败露只需要一个痕迹就够了，哪怕是掩盖线索的痕迹。

即使我没看到他的手机电量或者没收到他半夜的微信回复，这个推理也仍然会出现，只是会来得晚一些而已。

分手后与前任再遇见是什么感受？

应潮

分手后与前任再遇见是什么感受?

我们是初中时在培优班相识的。那时候她名气很大，年级里总有她的传闻，大多都是讨论她多好看，还有数学多“逆天”。第一次见到她本人时，我也被美到了，还记得那次她就坐在我后面，因为那次考试我们恰好分数一样，而且姓名缩写也一样，都是 YC。我们慢慢地熟悉，从朋友慢慢过渡，高中就在一起了。说不上轰轰烈烈，对我来说，高中生活因为她变得很幸福，很简单。一度有人很看好我们，认为我们能走得很远，那时候我们自己也这么认为。后来读大学，我北上入京，她分数不够去了浙江。

异地恋很辛苦，但是我们还是很努力地想多靠近彼此，每天都能打上两三个小时电话。有段时间没钱交话费，室友吐槽我像“没了毒品的瘾君子”。我做家教和兼职的钱一攒够就翘课去看她。她很漂亮，那会儿我总担心“后院起火”，所以每次去都拉着她在校园里逛。她知道我担心什么，所以总是很紧地搂着我胳膊四处跟人介绍，然后还把收到的情书统统上交。

到了大四，有一个外出留学的机会，征得她同意后，我出国了，异地恋成了异国恋。七个小时的时差，导致我们的相处时间锐减，总是我下课她已经入睡很久了。长时间分开，我们都很没安全感，所以后来就慢慢散了。

分手那天，她说她不能每天活在想念里，好像在和手机谈恋爱。我跟她说，如果你真的很痛苦，我可以放手。她说好。然后我们两年没有联络。

去年我回国，在一家外企上班。过年回家，高中的同学组织聚会，去的时候我就有预感，她可能会来。结果一去就看到她坐在点歌机边上刷手机，抬头看见我后，和我对视了几秒就继续低头。

那晚上我们没说话。

我放不下她，便试着慢慢地去了解她。她这三年一直都单身，工作很拼，养了一只狗叫小发（我高中时的外号）。后来我就去找她了，折腾了两三个月，在我各种努力之下，我们复合了。

前段时间一起去看《前任 3》，她一点儿没反应，我哭得很投入。她问我在国外有没有想她，我说有，我怕“逆袭”我老婆的人跟“逆袭”林佳的那个男人一样丑。她哈哈哈地笑个没完。

我想，如果一个人真的对爱情怀有“净土”情结，总会不太容易忘掉前任。我很感谢她也没忘了我。

还好我们没走散。

女方视角：

趁某人睡着，在他的帖子下补上一发，好像这样能凑个“夫妻篇”。

自我介绍一下，我是上面这篇理工男笔下的“青春回忆录”里的女主角。看了大家的评论真的开心到炸裂，好久都没这么幸福过了。说实话真的没想到我们的爱情能这么被认可，有一种被围观的羞涩感。

我想写这篇我的视角下的回忆录，其实更多是为他正名。因为我看评论区好像大家在某种程度上抬高了我，所以我想以我的角度写下我们的爱情。

他是初三那年才认识我的，但是我初一就知道他了。倒不是因为喜欢，而是当时我们班有两个女生都喜欢他，而且两个人还很有意思地没有成为情敌，而是互相报告他的日常。那时候我和她们刚好坐成一个等腰直角三角形，并且我是那个直角顶点（苦涩）。

休息的时候听到的是他，自习课听到的还是他，长久下来我对他了解颇深，实属无奈。

他从来不喜欢穿校服（好像男生们少年时都这样），没有别的意思，只是单纯地认为，他的校服好像是他觉得最多余的东西，他的课桌没有一寸空间是留给校服的。他总是把校服揉巴揉巴然后塞在讲桌下面的抽屉里，和粉笔塞在一起，只有参加没办法避开的大型活动时他才不情不愿地薅出来套在身上，带着特有的粉笔灰。校服裤子他是绝对不会穿的，他当年的班主任拿开除威胁他，他都不愿意，导致每次大活动他们班主任就得把他往人群里塞。184 厘米的个子塞在队伍中间突兀得有一种滑稽感，但每次看到他都是一脸无所谓地站在队伍里。

起初觉得他挺孩子气的，不为别人考虑，我行我素，后来才知道他把校服裤子送给了解放路天桥上的那对乞丐兄弟。这是我好多年以后才知道的，虽然动机不详，不过我要夸他，他总是很有慈悲心。2008 年四川地震，有人打他电话诈骗，说自己是四川人，一无所有需要救济，他当天下午给那人汇过去 5000 块钱。

他巨能吃辣，是超级能吃的那一种。我的口味一直很清淡，可能偏酸一点，可是现在我和他每周都要去寻觅麻辣主题的餐厅。

那时候学校门口有个婆婆卖的脆皮香蕉超好吃，不知道大家吃过没有，就是先把香蕉用油炸一下，然后撒上调料。他超喜欢吃，每天晚上放学必买，可是他和别人不太一样，别的同学都是拿着一根金灿灿的香蕉，可他却是擎着一根红彤彤的“血蕉”，脸上带着排了长队终于达到目的的扬眉吐气的神情，在人群中以另一种画风存在着。可是他很少长痘，这一点我快气死了。这么多年没见他怎么挤过痘痘。那时候有两个小伙伴为了体验他的生活，连续吃了一周他的变态辣“血蕉”，然后一个肠胃炎请了假，一个腹泻到脱水。

他现在还有一个怪癖，到哪里出差总会打听有没有什么秘制的酱料，在火锅店吃到好吃的底料一定会找前台咨询。导致现在家里有好多好多稀奇古怪的罐子。有朋友来家里吃饭的时候我总会塞给他们几罐，朋友大为感动，以为我多么好客。

正题来了，初三因为要组德育班，我跟他都被选了进来。第一次调座位我们前后排，本来还有点小忐忑，因为毕竟听说了他很久但是压根不认识，怕不经意说出他的小细节引来不必要的麻烦。但是很出乎我的意料，他一点也不是过去我印象中那样：散漫、没正形、顾此失彼，反而很有教养和礼貌，说话幽默且恰到好处。后来我总结了我"栽"在他身上的原因——他身上总有恰到好处的成熟和乐观，而且极有方向和想法，同时又很顾及他人的感受。他身上有一种让人费解的能力，好像恶魔果实一样（日本漫画《海贼王》中的一种果实，吃掉以后可以获得某些超能力）。

他和任何人接触，总能在最短时间内建立一种良好融洽的互信关系，特别是老人和孩子。我有一个很顽皮的外甥，今年我们第一次回家过年，他只用了一顿饭的时间就让小魔头缠着他叫他姨父（我这个亲小姨从来没有享受过这种待遇）。他手机上能联系上的人有小三千，各行各业的都有，而且很多都是能常走动和问候的那种。经常是周末我跟他逛街下馆子，走着走着，两个人就成了四个人，四个人又凑成了一大桌，难得的二人世界很快就结束了。有时候我出差，他总会发给我几个号码说这是谁谁谁，他怎么认识的，他们关系如何如何，有麻烦找他如何如何，很"社会"的样子（无奈，毕竟人家确实很能帮忙）。

高中过得很快，那期间的事现在大多都想不起来了，都是很平淡的过去。好像和大多数情侣一样，我们有日常的心动，一起吃饭，放学后他送我回宿舍，偶尔会很大胆地吻别（当然是趁没有人的时候）。他也打球，那时候很喜欢科比，他当时长得很像三井寿，打球风格却像樱木花道。一开始我也会去看他打，可是只要我一在场他就一个球都投不进去，后来他就求我上楼做题了。讲真的，那时候他的球友调侃我长了一副“克夫相”，我很在意，真以为自己“旺”不了他……他的成人礼物是我送的科比8号球衣，现在他还跟宝贝一样收着，只不过基本不穿了。

我们有时也会吵架闹别扭，但是很庆幸从来没有闹到分手的地步。

高考是我的遗憾，考数学时太紧张发挥严重失常，从此我们展开了异地恋生活。

其实大学期间在我们两个之中，他才是付出更多的那一个。他总是很努力地攒钱，然后搭车来看我。而我大学生活很充实，认识了各种小伙伴，他虽是我重要的爱人，可并不是我生活的全部。我想他也是这么看待我的，但是他总是比我稍稍紧张一点。他这个人超级喜欢故作大度，明明心里在意得要死，嘴上偏偏说出好多头头是道的逻辑分析，让你相信他真的不紧张。可我想让他安心，所以才会有上交情书这样的事情。

唔，大学时我堕过一次胎。

是大二时的事，具体情况不透露了，可是那次经历没有给我留下丝毫的伤痛。知道我怀孕的消息后他直接翘课来找我，陪我做检查，后来我们决定打掉。他送我进去后抱着负责我的那个老大夫大哭，跟她讲一定要让我平安，好像我马上就要死了一样。恢复期他一直留在我这里没走，什么补身体他就去找什么。

本来想就这样瞒着，可毕竟纸包不住火，我姐来看我时还是知道了，回头就告诉了我爸妈。我们家家风很严，世代都是军人出身。我爸是个脾气很刚硬的连长，知道后让我和他断绝来往，如果不照做就断我生活费。我不担心生活费，所以无奈之下和家人暂时中断了联系。他知道后背着我回了河南老家，那时候他已经没有钱了，问朋友借遍了，学校的课业也挂了两科，就这样坐着大巴车，和农民工挤在一起回了河南见我父母，一见面就给我爸跪下了。那次他们谈了什么我至今都不知道，但是我爸那时把他当干儿子给认下了（就是这么神奇）。

我们俩分手的第一年我回家过年，还被我爸在大年夜的饭桌上“批斗”了，我爸一边唏嘘，一边夸他是个多好的孩子……

后来他出国，一开始我并不担心，因为我知道他的心在我这。分开以后想念得睡不着觉的人会是他。可是后来我们连通信都变得很艰难，我总是要定闹钟提醒他早点睡觉，而且看他的动态，全是欧美人的朋友圈，让我意识到他离我远了好多。我开始不安。

分手那次的导火索我其实愿意和大家分享，但我的目的是想让大家吸取我的教训。原因是他将他和一个俄罗斯学姐的合照发在了社交媒体上，那个学姐很漂亮，两个人看起来关系很好。当然不是只发了他们，一起发的还有众多合照。可那时候的我哪有心思为他开脱，所以才有后来的分手。我自知不是一个大度的女生，我有自己的小脾气。

我不完美，可我也不想被所有人喜欢，我只要他喜欢就够了。但是我看到他没有我的生活好像还很说得过去，相比之下我的生活就有点拿不出手。

分手后我后悔得要死，可是我知道他的脾气，既然提出来了，他就是慎重地决定好了的，所以那三年我咬着牙坚持没联系他。不是刻意要等他，而是感觉我们缘分没尽。我也不是没对其他人有过想法，但是稍稍矫情点讲，他们都不能给我他给我的那种感觉。没有他的那三年，我努力让自己过得精彩，这样，他回来的时候我就有资格站在他对面，让他看到我并没有消沉堕落。健身，写书，旅行，工作，我努力学着他平衡生活，然后每个周末独自去吃一些麻辣小吃。

他回国那天晚上我是知道的，接机的是我们的一个共同好友，他刚下飞机，我就收到了短信。那时候我超紧张，好像他不是在北京，而是就在我的门外。过年那次聚会我本来是不去的，可是拗不过邀请，而且邀请人刚好是初中那两个喜欢他的同学中的一个。

他找我复合的时候我不敢轻易答应，不知道他是否还能像从前一样对我。可是他每周都坐高铁来杭州找我，然后周一再回北京。终于有一次周六，很晚了，他喝得烂醉来敲我的门，倚着门说醉话，说他想我云云，他错了云云，他不能没有我云云。我先是很感动，然后打开手机背靠着门录音（狡诈）。

别问我为什么录音……

然后就听见我房东问他为什么在这，他超级有意思地用手指着房东（我脑补的）用河南话说："有见过喝多了被媳妇儿撵到外边反省嘞？

去去去，哪儿远跑哪儿玩去，甭耽误我承认错误。”

我当时下意识地把门打开，给房东赔着笑脸把他拖进了房间。我去厨房给他拿醒酒药，结果一出来就看到了六块腹肌。然后，再一个跑神儿就被按倒了。那晚就该干吗干吗了（不详叙述）。

第二天两人睡到下午两点多才醒。因为前一天和闺密约好逛街，中间我闺密打电话问我咋还不出门，他顺手把电话接了，我醒来以后我的群已经炸了。

后来我们认认真真地谈过一次后就正式复合了，两周后领证，至今未办婚礼，打算明年再办。就到这吧，困死了，以后再补充，也不知道他看到后什么反应。

续：

我们三天后就举办婚礼了，结束了13年的爱情的长跑，真到了最后的时刻，其实相比紧张更多的是坦然。13年的时间已把双方打磨成了相似的模样，早已习惯且再也离不开对方。就这样吧，下次续写估计就是我们为人父母的时候了。

你是我不想失联的爱

陈深深深

你是我不想失联的爱

我叫陈深，是一个懦夫。

我没有谈过恋爱，但感情这东西，我还是碰了。

我的世界里，就只有江迟这一个男人和沈絮这一个女人。我喜欢沈絮，很喜欢。但沈絮喜欢江迟，江迟是我最好的朋友。万幸的是江迟不喜欢沈絮，在江迟的世界里，只有林瑾歌，他可以为了林瑾歌做任何事。而我不像他，我要考虑的东西有很多，我也可以为了沈絮做很多事，但只能默默地做。

我不是一个好人。我怕我点明，沈絮会不理我。江迟也因为沈絮喜欢他这件事和我谈了很久，他跟我说了很多次对不起，我只是嘻嘻哈哈地说没事。要说酸楚，我心里肯定是有的，但转念一想，这事儿也不能怪江哥，毕竟感情这东西，有谁能控制?

我家里管得比较严，之前江哥混社会的时候，我父母严厉地禁止我和江哥玩，他们说江哥是坏孩子。我因为这事和我父母吵了一架，直到林瑾歌出现，江哥的成绩飞快地提升，我父母才让我和江哥一起玩。

我认识沈絮，比认识江迟还要早，我们出生的时候在同一个产房。嗯，算是一出生就认识了。后面是关于我和沈絮的故事。

"我本为仙，偶尔路过人间，却因你回眸浅笑，就沉迷在这红尘三千。"

很小的时候，我就喜欢和沈絮一起出去玩，那时候我们都还没认识江迟。上幼儿园那会儿，我经常带她一起出去玩。每次放学的时候，就牵着她偷偷摸摸地跑，躲过了老师和父母，回去的时候就挨一顿批，然后第二天继续。

沈絮在那时候问过我："陈深，你说我以后会不会死啊？"

我想了想，说："应该会吧，我妈妈说，人都是会死的。"

她开始嘟起小嘴，眼中开始出现泪花。

我拉住她："没关系，以后我陪你一起死不就好了。"

她望着我笑了："好。"

恐怕啊，她现在都不记得了。

“所谓暗恋，就是你不经意一瞥，我心头一颤。”

我比沈絮早出生 3 个小时，自然而然地成了她的哥哥，小时候她喜欢跟在我后面。过年的时候，街上有些商贩来我们这儿卖糖，我就把自己藏的钱拿出来，偷偷摸摸地跑到沈絮那儿找她。

“陈深哥哥，你要带我去哪里呀？”

“嘘。我带你去买糖吃。”

“好。”她很开心地拉紧了我。

“小声点，别让你爸妈听见了。”

她立即放轻了脚步。那时候吃一次糖是真的不容易，简单来说，就是买都很难买到，要走到街上去买，而我们两个小孩子平时是没有机会上街的。我带她出来后，她飞快地跑。我把自己攒了一个月的钱拿给老板。

她吃得满嘴都是，含混不清地对我说：“陈深哥哥，妈妈说，我们明年就能搬到街上去住了，到时候就可以天天吃糖了。”

“对啊。”

“妈妈还说，你也会搬过去呢。而且你还可能住在我们的旁边。”

“到时候我俩就可以天天玩了。”

她很开心地笑了：“沈絮最喜欢陈深哥哥了。”

那时候我胖乎乎的，我傻傻地问她：“你喜欢我什么啊？”

她舔了一口糖：“摸着你感觉舒服啊。”

“曾经我很喜欢一个人，现在我一个人很喜欢曾经。”

拆迁的时候，政府补偿了我们一套房。我们家的老房子比沈絮家的地段好一点，所以新房子可以选在镇中心。那时候我拉着妈妈非要和沈絮住在同一栋楼，还要求做邻居。妈妈说我不懂事，我就哭，不同意就一哭二闹三上吊，我妈妈那天第一次打我。其实我爸妈对我挺好的，在这之前从没打过我，他们就只是教育我。在他们眼里孩子不是打出来的，是教出来的。妈妈那天扇了我的脸，很痛。可笑的是，一向懦弱的我竟然没哭，后来爸妈还因为这件事吵了一架。最后妈妈妥协，我如愿以偿和沈絮成了邻居。

“真巧，我喜欢的人也在喜欢着别人。”

城里的小学同农村的差别可大。那时候农村的幼儿园、小学和中学是连在一起的。在一间大房间里，幼儿园和小学之间用了一块布挡着，小学和中学之间也只用了一块布挡着。我和沈絮是在市里读的小学，那时候政府已经补偿我们房了，每天早上我很早就起来，跑到沈絮的门口蹲着等她。第一次去上学的时候，看到教室我们都很惊奇，对我和沈絮来说这是我们理想中的教室。很可惜的是我和沈絮不在一个班，我还因为这事儿闹过一两次。

不知道为什么，我一进教室一眼就看到了江迟。他和别人不一样，他只是一个人静静地坐在座位上。这里三分之二的人都应该和我一样，来自农村，从他们的神色很容易看出来。还有三分之一的人和江迟一样，是市里的，不过江迟的气质比他们好很多倍。

我小学的时候是个胖子，很羡慕江迟这样的身材，屁颠屁颠地跑到江迟面前："同学，嘿嘿，我可以坐你旁边吗？"

江迟那时候只是看了我一眼，点了点头。

"同学，我叫陈深。"

"江迟。"

"哦……江迟同学，我好喜欢你，做我女朋友吧。"

那时候很小，不知道女朋友什么意思，只知道哥哥给他们班的女孩子表白时是这样说的。我问哥哥女朋友什么意思，哥哥告诉我是一个男人对喜欢的人的称呼。

我是真的很喜欢江迟，纯友谊的喜欢。不过那时江迟听了我的话后，神色怪异地看了我一眼，然后将头埋下。

我不罢休："好不好，女朋友？"

他起身，找了一个离我最远的位置坐下。

"时间好像只是让我越来越喜欢你。"

现在挺羡慕小时候的，毕竟小时候的我可以不要脸；也挺感谢小时候的，如果不是自己不要脸怎么会认识江哥？反正上半学期我一直追着江哥跑。

江哥被我追得想揍我，无奈地对我说了句：“以后别叫我女朋友，叫我江迟。”

“好。”

现在都觉得自己当时好丢脸啊。

江哥人很好，就是不爱说话，平时和他说话他总是爱搭不理的。和他同桌6年，几乎都是我一个人在和他说话。那时候沈絮还不认识江迟。我每次想把江哥介绍给沈絮认识，江哥就转过头，面无表情地说：“不用了，没兴趣。”然后背上书包潇洒地走了。我那时觉得江哥好帅啊。江哥不想认识沈絮，所以我也没和沈絮讲过这些事。

小学应该是我最开心的时候，学校里有江哥，家里有沈絮。最重要的是，沈絮还不认识、不喜欢江哥。江哥那时也还不认识、不喜欢林瑾歌。

“当她嘴角上扬的时候，任何事物都会变得可爱起来。”

我内心感觉沈絮是这个世界上最完美的人。她笑的时候眼角会往上翘，眼睛会轻眯。她有两个小小的酒窝，笑得特别厉害的时候，右脸下方还会出现一个小小的梨窝。沈絮应该是受男生欢迎的类型，皮肤超白，五官很清秀，用现在的话来说，就是一个标准的正妹。我无论什么时候看沈絮，心里都会一缩，然后心跳加速。如果她对我笑，我的脸立马升温，这种情况我也不知道是什么时候开始的。总之，她总是让我止不住心动。

“初次见你的时候，没想到会这般喜欢你。”

大了一些的时候，我变成熟了。我想过我可能会喜欢上沈絮，应该不是可能，而是肯定。可我唯一没有想到的是，我竟会陷入如此境地。如果让我在江哥和沈絮之间选，我可能会选择死亡。至于为什么和江哥如此之好，原因很简单，就是崇拜。江哥接受我的时候，我就说以后跟着他混了。我脾气倔，说到做到。

我没为沈絮做过什么惊天动地的事，我连一句算得上承诺的话都没跟她说过。写下这个记录的时候，我很心酸。我和沈絮开始时间便是我俩出生的时间。结束时间，我纠结了很久，依然用的我俩出生的时间。这个问题对我来说无疑是个难题。我和沈絮连开始时间都没有，又怎么来的结束时间？

“你走了真好，不然我总担心你要走。”

到现在我都很佩服江迟，明明是一个理科生，因为林瑾歌硬生生去学习了日语。

我也挺佩服沈絮，明明是一个文科生，为了江迟硬生生读了理科。

我很鄙视自己，明明很喜欢沈絮，我还是选择了我擅长的文科。

我朋友比江哥多。江哥是受朋友嫉妒的那种人，初中的时候，我朋友经常对我说：“真不知道你怎么和江迟玩得好，你瞅瞅他那小白脸样儿。”我只是笑笑，没说话。都说了，我是个懦夫。

“你的眼睛岂止勾魂，简直要命。”

江哥是五年级才开始“混”的，他那段时间完全变了，身边总是一批又一批的女生。我问过他怎么了，他没理我，后来见着我就跑，就像老鼠躲着猫似的，上课也低着头睡觉，这种情况一直到了六年级下学期。我忍不住把他扯住，告诉他我并不是介意，只是有点儿担心。江哥表情有点僵硬。我继续说：“以后我就跟着江哥混了啊，江哥你干啥我就干啥。”后来我俩就和好如初了。

有一天放学的时候我突然想等着沈絮一起回家，江哥有事儿就先走了。我不敢在沈絮教室门口等她，她们老师可凶了。我跑到教学楼下面，拿出书边背边等。一阵嘈杂声从她们教室传出，她们下课了。沈絮和她的同学有说有笑地下来，她笑起来的时候，眼睛是很要命的。我有些出神，直到沈絮叫我，我才反应过来。

她的语句里藏着惊喜：“陈深！你怎么在等我！”

我没回答，只是笑眯眯地看着她：“走吧，一起回家。”

“我只是喜欢你，没有恶意。”

升初一了，我是一个标准的好学生，进了重点初中。沈絮和我的分数差不了多少。江哥考得很不好，不过因为家庭条件，也进了重点初中。进校的那天我莫名兴奋，应该是对新学校的一种激动吧？我和沈絮一起去学校，走到校门看见江哥在等我。我喊他，他向我走过来。

“江哥，这就是我一直想介绍你认识的，我的妹妹，沈絮。”

江哥瞥都没瞥沈絮一眼，拽着我就走了。我边走边跟沈絮挥手，她只是呆呆地看着我。不，应该是呆呆地看着江哥。好巧不巧的是，这次我和沈絮又不在一个班，我和江哥还在一个班。

这是我理想的日子的最后一年，我那时怎么也不会想到，下一年，是沈絮喜欢江哥到无法自拔的一年，也是江哥喜欢林瑾歌到无法自拔的一年，同时也是陈深开始一个人的一年。

“我与你隔着山海，进不得，退不舍。”

我到现在也不确定，江哥那一次记住沈絮了没有。不过看后来江哥的神情，应该是没记住。我那时并不知道沈絮喜欢江哥，以为她只当他是好朋友。

我还挺开心的，和沈絮回去的时候问她：“沈絮，你喜欢什么样的男孩子啊？”

她想了会儿：“瘦点儿的，像江迟那种。”

后来我就每天跑步，绕着操场 5 圈、10 圈地跑。

江哥问我咋的了，我说我想减肥。

他看着我，想了会儿：“不用减，这样挺可爱的。”然后耳根子都红了。

现在想起来，那时的江哥挺可爱。不过我还是坚持减下来了，因为我想做沈絮喜欢的男孩子。

“只是一想起你的眉眼，便觉得这座江湖好无聊。”

现在想起之前减肥的那段时间啊，真的是心疼自己。看着渐渐瘦下来的自己，恨不得每天都在沈絮眼前出现。什么都没变，只是吧，话题渐渐全部变成了关于江迟的。

“陈深，你说江迟喜欢什么样的女孩子啊？”

“陈深，你和江迟这么熟，你知道他喜欢看什么书吗？”

“陈深……”

她看着我，认真地问。我很喜欢她的眼睛，有魔力。我将关于江迟的所有，都告诉了她。可是江哥最后还是没有喜欢她，真可惜。

我最近在网上遇到了一个女孩子，她很好，对我很好。她可以算是一个标准的美女，可是我很讨厌她，纵然她百般讨好我，我依然很讨厌她，对她说话语气很横，不给她留任何脸面，昨天我又和她闹僵了。

她问我："我到底做了什么，让你这么讨厌我？"

我扪心自问，是不是因为某件事？我好好想了想，自己都吓了一跳。

隔了好久，我才打出一行字："对不起，把你当成沈絮了。"

她问我沈絮是谁。

我说，是我的对象，下辈子的。

"作为备胎，要保持微笑还有自知之明。"

我瘦下来了，江哥看了看我只说了句："挺好的。"那应该是挺好的。江哥的审美一向没啥问题。

因为和江哥关系好，所以总帮一些女生递情书。为此也总有很多吃的，大部分是送给江哥的，江哥不要，说给我了。还有一些是女生给我的，我把这些都放进书包，放学就给沈絮吃。

沈絮问我："你怎么来的这么多东西？"

"女孩子送的。"

"想不到变瘦了桃花就来了啊。"她笑道。

"没有，大部分都是给江迟的。"

她沉默了一会儿："还好江迟没收。"

然后把我给她的零食又塞给我："你把这些给江迟，说我送的。"

我微愣："我刚不是说了他不会收吗？"

"这样啊……"她低下头，"那你吃吧。"

"沈絮你有喜欢的人吗？"

"有啊。"

"谁啊？"

"为什么告诉你？不过如果以后没有了，那咱俩要在一起。"

我天真地以为她是喜欢我，但是因为含蓄，不好意思直接表明。这可真糟糕，不过也挺好的，至少让我开心了一阵子。

我在"前任博物馆"这个平台看了许多故事，也很感谢喜欢我故事的人，这些人大部分都是女孩儿。

很想对女孩儿们说："请记住，你是一个女孩，骄傲是你的象征，自信是你的资本，微笑是你的标志，你要追求的不是在一个男人面前委曲求全，让他看到你的努力；而是好好努力，并且等待数年后那个单膝跪地给你无名指戴上戒指的男人。"

但无论如何，沈絮的那个男人也不会是我。

写给沈絮，以及所有女孩。

“所谓喜欢：我是你的黑名单，你是我的‘特别关注’。”

“喜欢”这个词真的挺卑微的。我喜欢她，所以我愿意每天陪她，她们老师拖课，即使再冷我也要在外面等着，她想要什么东西即使再贵，我“砸锅卖铁”也要给她买，因为喜欢啊。我想这份喜欢可真不值。

直到林瑾歌出现，我才渐渐发现，沈絮喜欢的人是江迟。江迟喜欢什么她就买什么，江迟夸林瑾歌今天这么穿很好看，她就尽力模仿林瑾歌，尽管江迟从来没有在意过她，就像她从来没有在意过我。

我有时候也想学学江哥的，但是，江哥骨子里的气质我学不来，还有他的衣服我也买不起。沈絮看江哥的时候两眼放光，我想我看她的时候也是这样吧。

毕竟连江哥这种情商低的人都问我：“陈深，你喜欢沈絮吧？”

江哥都看出来了，沈絮没看出来。沈絮因江哥和林瑾歌的关系，偷偷哭过好多次。

她跟我说：“陈深，怎么办？江迟不喜欢我。”

我很心疼，我摸摸她：“没关系，不喜欢就不喜欢，这不还有我嘛。”

她望着我，说的话我现在都记得：“可是，你不是江迟。”

“能让你笑的人，永远比不上让你哭的人。”

沈絮那句话让我有些愣。我能感觉到我的眼睛红了。

鼻子里就像有鼻涕一般，不舒服，很不舒服，就像患了重感冒一样。这种感觉真不好受。

我平复了一下心情，又嬉皮笑脸地说：“我也就随便一说，你还信了，谁以后要陪你，我以后要找个超级好看的女孩子，起码比你好看100倍！”

沈絮听了，抓起书包就往我身上扔：“陈深，你是说我不好看是吧？”

“不不不，你最好看你最好看，比小黄还美。”小黄是我家之前养的狗，不过现在已经死了。

沈絮笑了，追着我跑：“陈深，你再说一遍！”

她又笑了。

我最承受不了她对我笑的时候，不过这也让我发现我和江哥之间的差距：她从不会因为我哭。想想还真失落。

要说没有想恨江哥，那是不可能的，只是每次一看见江哥，就恨不起来了。江哥对我真的很好，再者，他不喜欢沈絮，这我很清楚。也正因如此，我待江哥，也加倍的好。

谢怜说：“我虽非什么圣贤，但也知道一心一意。若我不是真心爱一人，断不会与这人有何逾越之举；若是有了，即便我砸锅卖铁，收破烂，卖艺街头养家糊口，也不愿让这人受一点委屈。”

在《天官赐福》里很喜欢谢怜，很喜欢这句话，说的真的挺像以前的我的。沈絮喜欢的东西，我即使不要面子，东拼西凑也要凑出钱来买。在很长的一段时间中，我一想起这些事眼眶就会发红。我不是那种非常坚强的男生，相反我还挺像个女生的，我会哭。他们都说："男儿流血不流泪。"这难道是说我不是一个男人吗？不，这只是在解释陈深这个人，是个懦夫。

花城说："我若是喜欢什么，肯定容不下别的，永远都会记着，一千遍，一万遍，多少年都不会变。"

江哥很喜欢花城，花城也确实挺像他，和沈絮。他们俩都是一个样，一个拼命地喜欢林瑾歌，喜欢得快要死掉了；一个发疯般地喜欢江迟，经常凌晨起来打电话说丧气的话。而且他们的性格也挺像，都挺大方的。我和花城完全挨不着边，说得直白点，花城是站在顶端的，我是趴在最底层的。

"即使世界背叛你，我也会在你身边。"

这几天怪冷的，腿上的皮肤给吹裂了，江哥还偏要给我擦宝宝霜！不过擦上去挺爽的。

太冷了不想去上班，沈絮现在是个无业游民，跑我这儿玩儿。没错，我没和沈絮表明过心意，她不知道。说实话，躺在沙发上看肥皂剧的感觉，可真困，所以我睡了一下午，直到江哥下班把我踹醒，我才起来。

我没江哥那手艺，我是厨房里的魔鬼，哈哈。我不下厨，就算是饿死也不下厨，这是我的写照。

“我的愿望是，将一位少女拥入怀中，而拯救世界，只不过是顺带罢了。”

我突然发现自己错了。嗯，其实应该是很早之前就意识到了沈絮不喜欢我，只是自己不愿意承认罢了。

沈絮说：“陈深，我想和你做一辈子的朋友。”

这句话的意思应该很明确了吧？朋友就朋友呗，没啥大不了的。我也没有意料之中的颓废，反而很镇定。那天我开始讲究穿着，江哥看了问我咋了，是不是发神经了。

我笑了笑：“没事儿，走吧。”

喜欢沈絮这种事，我不敢做了。我已经不是十五六岁的人了，我没有时间再去陪她了。等她这种蠢事，就换下一个人吧。毕竟我一直站在那，挡了后面人的位置，也不见得是对的。就让现在依然存有的抱她的愿望死去吧。

“比世界末日还可怕的消息就是你生病了。”

沈絮不是一个全能女生，她很需要人照顾。我想她喜欢江迟的原因应该有一个就是江哥会照顾人吧。不过沈絮体质挺好，不容易生病，但上学的时候发过一次高烧，把我急坏了。回去的时候跟江哥借钱给她买牛奶，那个时候还不知道她喜欢啥味的，站在那儿一直选来选去。小卖铺的阿姨都不耐烦了，问我:“同学：你到底买不买？”“买！”我甩甩手中的钱，“不过我不知道买啥味的。”“你买给谁喝？”“我妹妹。”“那就草莓吧，我猜女生大部分都喜欢这个。”

拿给沈絮的时候，沈絮看了看:“草莓味的啊？不过我更喜欢苹果的。”我低下头:“小卖铺那阿姨说女生大部分都喜欢这个味。”沈絮躺在床上，笑着说:“看来我现在得喜欢草莓了。”

“你，好好想想，带给我的都是些什么呢？”

初二的时候林瑾歌转来了。刚开始江哥对她还不冷不热的，后来态度突然转变了。听江哥讲，也许是因为那天的早饭。我就想说，这老天也真不公平啊。沈絮每天给江哥送这送那的，江哥看都不看一眼，而林瑾歌只用了一天就把江哥的心俘虏了。这就是传说中的缘分？

而沈絮呢，找我信誓旦旦地说:“陈深，你等着瞧吧，林瑾歌一定干不过我！”然后每天围着江哥转。

直到后来，江哥对沈絮说：“别来烦我了好吗？”

嗯，我无意间听到的。

“可是我喜欢你啊！林瑾歌有什么好？”这句话是沈絮说的。

“可是我不喜欢你。”

“那你为什么每天放学都和我一起走？”

“谁告诉你我是和你一起走？要不是陈深，你认为我愿意和你一起？”

听到这，我转身走了。不出所料，过了十分钟左右，沈絮哭着来找我了。

“陈深……陈深……我输了。”

我给了她一个大大的笑容，故作不知情：“怎么可能，沈絮大美女不可能会输的！”

沈絮撇着嘴看了我一眼：“江迟不喜欢我。”

“总有人会喜欢你的，”我跟以前一样摸摸沈絮的头，“我家里还有点事，我先回去了。”我找借口离开了。

回去之后，我没有哭。

江哥发来了一条短信：“陈深，麻烦跟沈絮说一句对不起，今天我说的话有点过分。不过也请你告诉她，别在我这浪费时间了。”

这条短信我现在都还留着，手机也还没坏，只是我现在不怎么用了。都是陈深的错，陈深把沈絮害得遍体鳞伤了，陈深把江迟害得左右为难了。陈深，真是不得好死。

“陪一个人成长本身就是一场豪赌。”

我现在越来越迷茫了。江哥决定闪婚了，我妈也开始着急了，处处给我安排相亲，我却在处处逃避。至于江哥闪婚的原因，我在这也不好说明。我不想结婚，我妈却想让我传宗接代了。

今天我妈打电话给我，说：“深儿啊，你也老大不小的了，是时候找个人了。”

“我知道。”

“你说人沈絮那孩子多好啊，长得挺标致的，可是听你张姨讲沈絮那孩子有喜欢的人了，真是可惜了啊。深儿啊，你也该找一个了，沈絮咱是不要想了，妈今天下午给你约了人，地点就上次那奶茶店，记得去啊。”

“知道了妈，我还有事，先挂了。”

挂了电话，我突然想去相亲了。确实我已经消耗了太多时间了，我没有多余的时间再消耗了。我也想过我会喜欢上其他人，当然我也明白，一旦我喜欢上了，就可能会受到伤害。不过心都没有的人，会感觉痛吗？答案是，不会。

事实上我真去相亲了，我不太喜欢。现在的相亲无非就是看对方是不是有车、有房、有钱。我不是一个看重这些的人，可是我也没了选择，我的时间都用来陪沈絮成长了。我没有多余的时间，再来打理这些事了。但是不知道为什么，我一点也不后悔。

接着说回初中。沈絮比我想象中的更有毅力，才过一天，她又元气满满地回来了。

“陈深，我决定了！我还要继续追求江迟！”她笑着说，笑容有点刺眼。

所以我看了她一眼，就低下头了：“好。我支持你。”

她故意带着哭腔地说：“陈深，我好感动，有你这个朋友。”

“得了吧你，一边儿玩儿去。”

在这里我想声明一下，我写这些不是为了博取同情，我只是想记录一下，当然也有点私心，我不想让我十几年的感情就这样悄无声息。不过我也敢肯定，这份感情最后结果也只能是悄无声息。沈絮是不可能下载这个 App 的。即使是某一天她下载了，陈深也不可能还在原地了，她也不可能回来找陈深。

另外，我看评论有人问：“这是不是小说？”

答案是，不是。这是陈深的故事，只属于陈深的故事。天底下千千万万的人，可是只有一个陈深。陈深的故事，是属于陈深的，是关于陈深和沈絮的。

“此后山高水远，路上清欢。道声一枕清月执笔长安，与我无关。”

要说沈絮继续喜欢江迟的后果是什么，想必不用我说，结果显而易见。江哥的确是个专情的人。他若是喜欢什么，他的眼里就只剩下什么，再也容不得旁的。江哥挑明了很多次，话也说得越来越狠，可是沈絮还是不死心。后来江哥索性就躲着她，或者是，无视她。那段时间，沈絮很伤心，总向我吐苦水。我只好先消化好她的，再慢慢地消化自己的。我发现沈絮把我锻炼得像现在这样，不会哭了。陈深终于像个男人了。

再给你们说说今天发生的事吧。江哥的妹妹江到突然给我打电话，哭着说："陈深哥哥，你能不能劝劝哥哥，让他别喝酒了。"等我到江哥家里时，我确实是惊了一把。这么多年，除了林瑾歌和江哥分手的那次，江哥还是第一次把自己搞成这样。江哥和我说了很多。

"陈深！我要结婚了！"

"嗯，我知道。"

"可是我还不知道她叫什么，她长什么样子我都不知道！"

"你要相信你妈妈。"我说道。

"对！我相信我妈妈，我相信她……"

江到已经在一旁哭得不成样子了。

"到到，别哭，你也不小了，别哭。"我安抚她。

"陈深哥哥，哥哥为什么要结婚？"

"为了给你一个侄子或者侄女啊。"

"我不要！"

我不说话了。别人或许都不知道，但是我明白，江哥喝酒是因为林瑾歌，他又想林瑾歌了。他把自己伪装得太好了，连我都以为他忘了。我鼻子酸了。（想起这事儿，我鼻子都忍不住发酸。）我看着江哥，就在想，陈深以后会不会也是这样子。我不敢想下去，甚至有那么一刻，我真希望江哥真的就是你们口中的小说男主角，他也确实符合。但是唯一的不足就是，小说里的男主角都有美好的结局，江哥没有。他只是一个符合小说男主角的设定的人，但他不是。他是一个真实的人，他没有完美的结局。

“后来方知这世间最美的事故，是姑娘一笑如故，倾了我满城烟土。”

这么一写，我突然很佩服我自己了。我竟然连小时候的事，都记得清清楚楚、明明白白的。当然初中那段时间，也不全是失望或者伤心什么的，还是有特别甜的时候的。沈絮有段时间闹脾气，就真的装得跟放下了江迟一样。而我就是那个配合她演出的人。她那段时间，只要江迟在，就挂在我身上，像个树袋熊一样。

沈絮挺会撒娇的。她会对我伸出手，说：“牵手手。”

她会可怜兮兮地看着我，说：“你熊我。”

她会骄傲地对我笑，说：“真可爱。”

那段时间也是挺快乐的。即便明知是被利用，是假的，我还是选择相信。沈絮其实挺大大咧咧的，她不会在意什么小细节。比方说，她觉得林瑾歌“作”，就会毫不掩饰地说出来，即便是江迟在场也一样。她就是那样的人，很骄傲的人，体育课不想跑步就躲在厕所里不出来，考试考砸了总要抱着卷子反思很久。当然年少都不懂事，得知江哥在混的时候她也去“混”。我并没有反对。我有时候都在想，我是不是做错了什么，惹沈絮不开心了。不然，为什么我比江哥更早认识她，为什么我比江哥做得更多，可是她还是喜欢江哥呢？我有时候都有种冲动，扒开我妈的肚子，钻进去，等沈絮和江哥认识了以后再出来。或许那可以成为一个她不喜欢我的理由，至少我是这么认为的。

“愿世间所有心有羁绊的人，最后都能在这纷扰的世间，一次又一次重逢，山前既相遇，山后再相逢。”

1月9日，今天真是一个值得记住的日子，江哥领证了，和一个素不相识的女生。那女生看起来好像不太乐意，应该和江哥一样是被逼着结的。也是，闪婚这东西，又有几个人是心甘情愿的呢？不过让我惊讶的是，那女生才21岁，江哥也是惊了老半天。不过那女生挺好的，大大咧咧。她直言不讳地对江哥说:“我还以为你是个老头儿呢，长得不错嘛。”看着江哥微微黑下去的脸色，我真的笑场了。江哥还真是第一次被小妹妹调戏。沈絮站我旁边，从他们拍好照，到那个红本本递在他们手中，整个过程，全部见证了。婚礼他们不准备举行，说等以后有了感情再说。江哥有点不耐烦，说了声“我先走了”，就自己走了。那女生跟着他走了，叽叽喳喳地说个不停。不过我挺开心的。这个女孩挺像林瑾歌以前的，保不准儿，江哥以后会心动。他们走了，我也不好继续待下去，跟江哥妈妈说了声再见，就和沈絮走了。沈絮一直在笑，一路上没有和我发牢骚，这让我更觉得害怕。

我用手拐子撞撞她：“喂，你今天怎么不说话了？”

她沉默了一会儿：“我开心啊。”

我有些惊讶：“怎么了？”

“我想我的坚持也应该到头了，我，要开始新的人生了，毕竟我还在大好青春里呢！”

我看着她笑，依然用开玩笑的语气：“怎么，有新目标了？”

她瞪了我一眼：“没有，我只是觉得我得从头来过了。”

她看着我：“陈深，我可能要去外地了。”

“怎么？”

“我现在还是个无业游民啊，去外地创业，顺便从头开始啊，难不成你想我赖你一辈子？”

我盯着她看。

她看着我笑了，费力地用手拍拍我的肩膀：“怎么了？舍不得我对吗？放心，我会想你的。”

我有些嫌弃地看着她拍过的地方：“我才不会想你。”

对啊，沈絮，我不会想你，我保证。

“本是‘椿’花‘湫’月，奈何北冥有鱼。”

今天把沈絮送走了。总的来说不算送，我并不知道她要去哪儿，问她她也说不知道。她打算到处逛逛，等确定落脚的地方了就告诉我，我也没说什么特别的，只回复了一句“好”。

今天公司里发生了一个挺有趣的事儿，就是会议结束后，一个同事，我也不清楚是哪个部门的，反正就屁颠屁颠地跑过来（对，我就觉得她是屁颠屁颠的）。

她上来就问：“你就是陈深？”

“对，有什么事吗？”我问她。

“那今天早上送你来上班的那个帅哥就是江迟了？”她语气有点激动。

“对啊，怎么了？”我有点莫名其妙。

“那你是不是认识沈絮？”

我越听越迷糊，点点头。

“我看了你的故事！”

我听了，愣了一下，然后笑了起来。“不会吧？这么巧吗？”

然后她就把这个 App 点出来给我看了。我的笑容逐渐凝固，那是我第一次感觉我们大中国好小。好了，至于那位同事是谁我也不讲了，只求她看见了不要打我。

现在数数，沈絮因为吃醋找过几个男朋友。大致有三个，我算不上，我就只是一个备胎。总之我是明白了，从沈絮和江哥认识的那一天起，我就没机会了。除非哪一天沈絮不喜欢江哥了，或者是，天上掉馅饼了，我感觉我永远也等不来那一天。反正人的一生，走一步算一步，我是这样想的。卑微地喜欢沈絮，然后再死鸭子嘴硬就是不承认，有那么一瞬间，我认为这都是我的错。是我对不起沈絮，是我太懦弱、太软弱了。我对自己讲过："默默守着她就好了啊。"不过我唯一庆幸的就是，我和沈絮的合照还挺多的。从几个月大开始就有了合照，哈哈，然后一岁的、两岁的、三岁的……每一年都有。这也让我们养成了每年都回去拍照的习惯。小时候还挺好的，就是姐姐带着弟弟，因为小时候我比沈絮矮；大点儿的时候，就是哥哥带着妹妹；再大点儿，就被说成小对象儿。那时候也没想这么多，他们讲就讲吧。现在我突然好感谢拍照的那些人。毕竟在他们心里，我还不是一个备胎。

"不合格的爱情，就如同雪中送扇，火中送炭，忙里添乱。"

也是，我现在也越来越不懂，我在难过什么。明明是自己没有好好把握机会，没有在很久很久之前就对她说"我喜欢你"，弄得自己现在这么不堪。

“我亲手推开了她，以在乎的名义。”

沈絮的第一个男朋友，是在初中的时候交往的。沈絮打扮起来很好看，稍微打扮一点点，就真的好看得不得了。那时候我就是个吊儿郎当的好学生，江哥就是高冷的坏学生。再到后面，我仍旧是个吊儿郎当的好学生，江哥却成了一个高冷的好学生。江哥在那时也就真的成了很多人心中的标准男友了。当然我也不是没有人喜欢的，毕竟总有那么几个人，喜欢我这种看上去很不靠谱的人，哈哈。但是沈絮不好我这口，我也没办法。我曾费力地去模仿过江哥，但第一关我就没通过——少说话。我总是忍不住说话，我就是一个爱说话的人，我对语言有很大的兴趣。然而，我现在的工作和语言并没有很大的关系。

沈絮的第一个男朋友我印象挺深的，他可以算是沈絮交往过的最单纯的一个男生，他也是真的喜欢沈絮。不难看出，沈絮对他有一点点感情，准确点说，就像你的食指和大拇指的指尖儿那么多。那男生对沈絮挺好的，可我就是不服气，可是那时再不服气也只能自己憋着。这也让我想明白了一点，自己不是世界中心。

“没有人会在意你的想法，毕竟你不是世界中心。”

至于后来，也不知道他们是怎么分的，反正很少见到那男生了。准确来说，是那男生见到我们就走。偶尔我会看见一两次，我感觉他对我的印象应该还不错，因为他会对我礼貌地笑一下。

“于你，我无怨无悔；于己，我问心无愧。”

你和别人“情头”（用情侣头像）了。我点开对话框，那句“你和谁‘情头’了啊？”一直没有发出去。我害怕，害怕你问我你为啥问这东西，害怕你说我没资格问。所以最后，我没有问。你不是一个会主动找我的人，我也不是一个经常玩QQ的人，一般有消息都不回的。简单来说，我连看都不看，懒得看。

我在一个问题上纠结过很长的时间，就是我为什么会喜欢沈絮。我想了很久也没有答案。我今天恍然大悟。“给不出一个爱你的理由，但至少我知道，你是我不去再爱任何一个人的理由。”

好了，沈絮的第一个男友也就那样了。第二个我对他印象不是特别深，甚至直到沈絮和他在一起半个多月了我才看见他。见到他第一眼我脑海里就浮现了“差评”两个字。那形象，有点像老大爷？具体感觉我也说不出，反正就是看着有点傻的那种。相反他自个儿还觉得自己挺帅的，说话还挺冲，有点把自己当大哥了的感觉。我这人吊儿郎当的，也不太在意。江哥有点看不惯他，不过碍于沈絮的面子，也没说什么，只不过后来那男生去找林瑾歌麻烦，江哥知道了，一言不合就把他揍了一顿，他和沈絮也因这件事分手了。好了，这就是沈絮的第二个对象，也是她初中时期的最后一个对象。

我又里里外外地想了很多次，我到底在自责什么，或者是在内疚什么。我想了很多遍，我并没有哪一点对不起沈絮，一点都没有。对，我问心无愧。我朋友告诉我，这是我吃醋的体现，这也是我嫉妒的体现。她还告诉我："柠檬不应该羡慕西瓜甜。"我也算是明白了，现在沈絮在我心里的地位有多重，重到超乎我的意料。

"别频频回头，回不去了就是回不去了。"

我并不是很想回忆起初中那段时光。而高中我感觉，简直就是陈深的春天。我和沈絮在一个学校，同一个班级。而江哥和林瑾歌在另外一个学校，同一个班级。还挺牛？哈哈哈。

高中的班主任还挺好的，座位都是我们自己组。我和沈絮很自然地组在了一块儿，因为我们只认识彼此。沈絮想坐最后一排，因为江迟之前坐的是最后一排。

超级喜欢那段时间的，每天的生活都好像在冒粉色泡泡。

"可感情就是这样，前人栽树，后人乘凉，亘古不变。"

高一的时候，其实挺好玩儿的，上课我就帮沈絮打掩护，她玩手机我替她写笔记。那时候应该是出于感谢，每天早晨的早饭都是她帮我带。

我之前问过她："你每天在手机上看什么呢？"

她漫不经心地说："我在等江迟回我信息啊。"

好像自从上次她和江哥表白了以后，江哥就把她拉黑了。

我若无其事地问："那他回你了吗？"

她眼里的光淡了下去："没有。"

空气好像凝固了一会儿。

她又嘻嘻哈哈地说："我每天都给他发99条，我想他总会看见的！"

我打算告诉她真相，江哥永远都不会看见的，就真的应了那句话，"装睡的人永远都叫不醒"。不过看见她眼里的光，到嘴边的话又咽了下去。现在不是挺流行一个哏吗，就是"你眼中有星星"。总之，我算是明白了，"眼睛是星星的国"。

那时候我们读书，可以说是大部分人在混天度日。而且那时候的学生也没现在课业这么繁重，作业比现在的学生少多了。那时候我们中午去食堂吃饭，沈絮比较开心，因为便宜。她把钱都攒着准备买衣服了，因为我们商量好假期去找江哥玩儿。

我取笑她："还这么早呢，你就在准备了，不要命了？"

"不行，我一定要变瘦！"她目光坚定，信誓旦旦地说。

我眼中的光渐渐暗了下去："既然这样，那我就陪你吧。"

"陈深，我真感动，都快哭了。"她一脸调侃地对我说。

我盯着她看了许久。

“你看什么？”

“我在想你还是别哭了，比较丑。”

当然我是知道的，她不可能会因为我哭。她听了我的话，顿时爹毛了，站起来就给我头来了一下，有点痛。不过那时的感觉就是，真好。

“曾经我以为，感情里最让人失望的就是，我喜欢你，而你不喜欢我。直到现在，我才明白，最让人失望的是，我十分喜欢你，而你却只有一点点喜欢我。”

这几天过年，我们家挺热闹。

我想起了沈絮。她没有联系我，我脑子里产生了一连串的问题，比如：

她那里热不热闹啊？

如果不热闹，她现在应该很孤独吧？

她最怕孤独了，要不要打个电话啊？

可是找到她的电话号码，我又把手机关了。我，没有资格去问她这些事。

我讨厌烟味，所以不抽烟。但是，我却对烟有种奇妙的感觉。这次我去拿了一根我爸的烟，吸了一口，呛得我猛咳嗽，咳得胃疼。沈絮就好像一根烟，近在咫尺，但是我一旦触碰，就会疼得窒息。最关键的是，即使是这样，她依然是我向往的人。我和沈絮两个人，就是一种互相干扰、互相拉扯的关系，永无休止。

“我对她是特别想拥有，她对我只是有点舍不得。”

我感觉我挺尊重沈絮的选择的。江哥领证那天，她说：“陈深，我要开始新的生活了。”我支持了她。我也要开始新的生活了，我要去找那个需要我的人了，虽然可能找不到。

过年少不了的当然是催婚。亲戚们给我介绍了许多姑娘，都挺优秀的。我选了一个相对顺眼的，明天见面。我写到这儿都笑了。好像一个月前，我还信誓旦旦地说：“我绝不会做出和江哥一样的蠢事，去闪婚。”不过我好像真的要去闪婚了。我，就是这么一个轻易改变承诺的人。

我在沈絮面前，完全没有底线。在我还有理智的那段时间，我也不是没想过，要和沈絮断绝关系。可她一对我笑，我就没了底线，就忘记了自己到底应当做什么。沈絮会把温柔、把微笑给我，有时候还会给我几颗糖。这也是让我一步一步坠入她这个黑洞的原因。不过现在我发现，当她不需要我的时候，我在她心里一点地位都没有。哪怕是一点点，都不会有。我觉得我现在，应该可以像对待别人那样，吊儿郎当地站在沈絮面前，笑着说：“喂，沈絮，我不喜欢你了。”前提是，我能找到她。

“我也曾抹去川泽平渡江河，却不及在你身旁一时半刻值得。”

这才多久啊，我就开始想念沈絮了，她依然没有联系我。

高中也就那么碌碌无为地度过了。后来传来了江哥和顾姌在一起的消息，我们原本打算放假去找江哥的计划也就推迟了。沈絮说她需要好好消化一下。这我也能想得通，毕竟顾姌比沈絮出现得晚。我记得沈絮对我说过这么一句话：“即使是假装，我也想做一时他的身旁人。”这恐怕是沈絮这一辈子也无法实现的愿望。

后来过了两个星期左右，沈絮的第三个男朋友出现了。那是我印象最深的一个男孩子。他不算好看，可以这么说，他只能算个大众脸。但是他对沈絮的喜欢，我到现在都不敢小看。总之，比我差不了多少。他容不得沈絮受一丁点的委屈。印象最深的一次，就是沈絮不小心划伤了手，他就像是天塌了一般，焦急地跑到医务室，买了纱布、胶带、消毒水以及云南白药啥的，反正一大堆。

沈絮无奈地看着他说：“没必要，一个创可贴就可以了。”

他只是用带点怨气，但更多是担心的眼神看了一眼沈絮，然后给她用纱布包好。

后来，我也跟他提过这件事，他只是笑笑说：“她再小的事，也是我天大的事儿啊。”

我看着他就像在看自己，对他突然有点心疼。我当时甚至有种冲动，差点告诉他实情。不过看着他眼底的光，我又把到嘴边的话硬生生憋了回去。至少，有幻想还不算太坏。

我想过，如果沈絮真的喜欢上这个男孩该多好，至少我不用担心她会受委屈、她会不开心。我也敢肯定，她真的会被这个男孩子宠上天。不过理想和现实还是有点距离的。他们交往的这段时间，我整个人都在放空的状态。我一直在想，万一沈絮真的喜欢上了这个男孩子，我应该是会祝福的吧？我会退出吗？不过后来，江哥和顾娉分手了。在江哥分手的第三天，沈絮也分手了。随后，我们便商量着去找江哥。

再和你们说说昨儿的事儿。昨儿晚上我和江哥一起去放鞭炮，当然还带着他的新婚妻子一起。他的新婚妻子挺可爱的，不过江哥不让我把名字说出来。反正我现在喊江哥的老婆陈总，对，她和我是一个祖宗的。陈总可爱得要命，不过依着江哥的话来讲，就是可爱中带着痴傻。对，就是痴傻，扔个炮仗都能让她笑半天。她还特别幼稚地把炮仗扔在江哥面前，想看江哥出丑。我也伸长了脖子，反正不是有一句话叫“看热闹不嫌事大”吗？不过，江哥只是面不改色、轻飘飘地踩过去了！对，就是踩过去了，还把火踩灭了！

陈总气得走上去，指着江哥的鼻子说：“江迟，你咋回事！怎么不按剧情出牌？”

江哥有点无语地看着陈总：“都多大人了，还这么幼稚，丢人。”

说罢朝我看了一眼，冲我喊道：“陈深。”

我屁颠屁颠跑过去：“啥事？”

“你来陪她玩儿。你跟她差不多，都是神经病。”

请问你们看到我的“黑人问号脸”了吗？

后来在奶茶店的时候，一个妹子跑过来问江哥要微信。陈总跷着个二郎腿，一身痞气地说：“干什么？这是我的压寨夫人。”那模样，原谅我当时没绷住，直接笑了。江哥的脸瞬间黑了，看着他那杯被陈总喝得差不多的奶茶，脸色越来越黑。不过我悄咪咪地告诉你们，江哥的耳根子红了。

“就这样吧，我累了。”

3 月 21 日，江哥已经结婚两个月 12 天了，他和陈总的关系越来越好了。

3 月 9 日的时候，沈絮联系我了，时隔近两月。

“喂，陈深。”

听着那熟悉的声音，我手有些抖，不过还是稳住了自己，声音听起来挺随意地“嗯”了一声。

沉默了几秒。

我觉得有些尴尬，开口问道：“终于想起给我打电话了？”

“嗯。”她轻嗯一声。

又过了一会儿，她开口道：“江迟现在怎么样了？”

我有些僵硬，还是保持着微笑，我也不知道我是笑给谁看。

“还不错。”

“那行。”

我们再一次陷入了沉默。

“陈深，我其实一个月前就到了。”她开口道。

我没有问她为什么一个月前就到了，现在才找我。我沉默，她也继续沉默，我们又一次陷入了尴尬。我明白我和沈絮的关系有了一点微妙的变化。究竟是哪里变了，我也说不清楚。

我很不适应这种感觉，笑容扯大了点：“哦？”

“嗯。没有联系你，让你担心了。”

我扯了扯嘴角，脱口而出：“其实我一点也不担心你。”

又一次沉默。

“嗯。”她说道。

又过了一会儿。

“陈深。”

“嗯？”

“其实我很早之前就想问你。你是不是喜欢我啊？”

这次换我沉默了。我说道：“我喜不喜欢你重要吗？你不也走了吗？”

“陈深。”我感觉她深吸了一口气。

“嗯。”

“我一直把你当朋友，你是知道的。”

“嗯。”

“我，有了新的喜欢的人了，他对我很好。”

我的理智有一丝崩塌。难道我对你不好吗？还是我哪里做错了？

无数的问题在我脑中蹦出。

我深吸一口气，将所有的问题转换成了一句："行啊，要幸福。"

"嗯。"她淡淡地答道。

"陈深啊，你也要幸福啊。"

"好。"

"我结婚……你一定要来啊……"

"就这样吧，我累了。"

我打断了她的话，没有给她明确的答复。我，第一次拒绝了沈絮，挂断了电话。我 24 岁了，快 25 岁了。我和沈絮 24 年的感情，比不上她和别人一个月的相处。这部分我写了 3 次，每次写一点就不写了。我，当真，是很不想写的。

算了，就这样吧，我是她哥哥。这是在 24 年前，上帝告诫沈絮的话。但是他，忘记了告诫我。

"亦曾过得风生水起眼中笑不离，今却与悉数愿事殊途只剩苦疾。"

去找江哥玩儿的那一天，很快就到了。

还没到 5 点，沈絮就给我打电话了："陈深陈深！你快来，看看我穿哪件好看。"

我睡得迷迷糊糊的，含混不清地说："慌什么，还早呢。"

“不行，你快下来！记得脚步轻点儿啊，我爸妈还在睡觉。”

“行行行。”我逼着自己睁开眼，爬下楼。

“陈深！”刚到楼下，就听见沈絮喊我，声音小小的。她探出一只脑袋，对我招招手，有点像小偷。

“来了来了。”

“咋样咋样，你看我这裙子咋样。”刚进她房间，她就对着我转了一圈。

“还不错，不过……”

“嗯？”

“你确定你见到江哥后不会打喷嚏打死？”

她撇撇嘴，又换了几身衣服。我困得都快窒息了，然后，趴在沈絮的课桌上睡着了，后来都是她把我喊起来的，丢人。她在去找江哥的路上是兴奋的，看见江哥后恨不得扑上去。但是我感觉这个举动有点怪异，莫名暧昧？

在江哥面前，沈絮毫无保留地表达了她对林瑾歌的不喜。

我也犯了个错误，我鼓励江哥向林瑾歌表白。（江哥如果没有表白，他和林瑾歌也不会发展成那样的关系。）

沈絮看了我一眼，没有说话。和江哥玩了挺长一段时间之后，我们回去了。在车上，沈絮不和我说话。我不是个能适应沉默的人，我爱说，走到哪儿都能说。而江哥不喜欢说话，沈絮也就不咋说话了，一般只是我和林瑾歌在旁边絮絮叨叨的，林瑾歌有时候也只是敷衍我几句。

我率先开口：“沈絮……”

没等我说完，她打断了我：“陈深，我知道，你是为了江迟好，也为了我好。”

我找不到合适的话来回应她。

她又说：“我只是在苟延残喘，没人来帮我断了这念想。”

我看着她的脸：“沈絮，其实我……”

“谢谢你，陈深。”她又打断了我的话。

我把卡在喉咙里的话咽了回去：“嗯。”

其实，我喜欢你啊。

好了，跟你们说件重要的事——江哥和陈总今天补办婚礼！我这会儿坐在休息室偷懒呢。累死我了，早上 5 点 20 就起来化妆，一直整到现在，哭了。江哥刚在我旁边看着我写，他还不让我写陈总的不好，那我偏要写。所以我来到了厕所，对，我现在正在厕所，这是一段“有味道”的文。陈总昨天晚上干了一件惨无人道的事！她把我拉到一旁，跟我谈了一宿“我好紧张”。我内心是崩溃的，你紧张你拉着我干啥啊？我困！到到在一旁却听得津津有味的。不过我最开心的是，有红包赚，还能坑坑江哥。好了，拉回正题。江哥，陈总，新婚快乐啊。

“人间风尘客，月下无仙人。”

隔了多少天了，我也不知道，我接着讲。沈絮的第四个男朋友出现了，隔壁班的，听说是他们班的班草。我当时也有追求者来着，虽然没有江哥的数量庞大。那男生还不错，成绩好、长得好、什么都好，还有，还挺懂礼貌的，是沈絮喜欢的类型。

沈絮之前和我说：“陈深，我打算好好恋爱。”

“好。”我对她点点头。

“你还没喜欢的人？”

我装作想了一会儿：“没有。”

我否认了。既然想好好恋爱了，那就没必要说了，我对自己说。

“行吧，小婶婶加油！”

“你才是婶婶！”我“怼”回去。

那段时间，我没怎么去找沈絮，独来独往的。那段时间我自己都觉得自己恶心，完完全全就是一个“伪君子”，明明不开心，可到学校还要装作一副很阳光、积极向上的模样。对待学弟学妹们，完全就是一个温柔的学长形象。

我记得之前和江哥发短信，他说了一句：“陈深，你不是这样的。”我愣住了。我知道啊，我不是这样的。换作以前，温柔在我身上，是不存在的。我是个很爱开玩笑的人，平时嘻嘻哈哈的，被称作“温柔学长”，真的挺讽刺的。“做自己行不行啊？”这是我一个朋友对我说的，而且是吼着说的。

我也不是不想做自己，只是伪装得久了，然后就当真了。就像我喜欢沈絮一样，一直都以为她也喜欢我，就这么“以为”着，然后就当真了，然后就成讽刺了。

反正那段时间，沈絮和她的男朋友可劲儿腻歪，真的让人羡慕。“心里有可望不可得的人，给再甜的糖，也是苦的。”这是沈絮对我说的。在她和那位班草分手那天，她找到我。我比较冷静。

“陈深，我忘不了江迟。”

“哦。”我没说什么，只是从兜里拿出一根棒棒糖，也不知道是谁送的，当时就是想给她甜甜的东西。她吃了。

“甜吗？”我问。

她摇摇头。

“难不成是酸的？”

“不，”她说道，“是苦的。”

“我渡千万人于山水荒凉之上，偏偏渡不过你这盈野月光。”

我并不是一个作息规律的人。之前读书的时候，我挺有自制力的，什么时候成这样了？我不知道。他们说我很爱睡觉，让我去医院检查检查，是不是得了嗜睡症。我说：“不用。”我自己的情况我心里挺清楚的，其实我并没有睡着，我只是躺在床上发呆。具体在想什么，我也不知道。我决定从这个月开始改变一下了。

江哥结婚的时候，林瑾歌发了一个红包，陈总没有生气，反而笑眯眯地说："有钱为啥不要。"服了。倒是沈絮没有什么动静，我有一点点失落。

这个月我没有再旷工了，我依然记得，公司里的人一脸惊讶的样子（怎么回事你们，我像是那么懒的人吗）。在公司我不怎么发呆了，不过还是挺无聊。我是个闲不住的人，一直都是。所以我接下了一个工作，去出差，和另外一个同事一起去，没什么特别的。

和江哥说起这件事，他问我："要不要我和你一起去？"

"不用。我又不是小孩子，再说了，你好好陪陪陈总。"

"好。"他点点头。

高二那年，沈絮生日，是我陪她过的。玩得挺开心，游乐园、电影院、奶茶店、超市，啥地方我都陪她去了，啥吃的也都陪她吃了，就像一对情侣一样。

其实很多人都说过，我和沈絮挺般配的。可是，她从来都不看我一眼。如果她回头看我一眼，认真地看我一眼，应该也能看到我眼里的星辰。

"来时山河倾倒人间如画，怎敌你半分眉目染我年华。"

坐了半天飞机，我累得快哭了。本来腰就不行，然后可能姿势不太对，现在真的累到怀疑人生。不过今天天气挺好。

去的时候陈总告诉我：“那地儿自然景观不错，你可以去看看。”

“好嘞，”我笑道，“不过，你怎么确定，我会去玩儿啊。”

接着我半靠在椅子上，跷起二郎腿，开玩笑地说：“你咋这么了解我，该不会是暗恋我吧，想要绿江哥？”

毫无疑问，回应我的就是头上那一拍：“行，你自己收拾吧，我去找江迟了。”

“好。”看着地上被陈总收拾得差不多的行李，我也没有站起来，觉得有些无趣。摸出手机，打开通讯录，熟练地输入沈絮的手机号，我眯着眼挣扎了会儿，摁下了拨通。

“您好，您拨打的号码正在通话中，请稍后再拨。”

心情突然烦躁，将手机扔在一旁，起身去超市买了点东西，去了王小弟家。

“小弟，你大哥我要走了，你都不来见我吗？”

“我不会想你的。”电话那头传来他嘻嘻哈哈的声音。

“得了得了，别逗闷子，我买了吃的，走起啊？”

“走着。”

到了王小弟家，他拿过我手里的袋子，随即一脸“姨母笑”地看着我。

“合着你就买了俩面包，一瓶牛奶，啥意思啊？”

我把牛奶拿出来。

“这是我的，你喝自来水。”我说道。

他有些“认命”地走到冰箱前，扔给我一瓶鸡尾酒。

“喂，去出差给沈絮打电话了没？”

“打了，跟以前一样，正在通话中。”

他不说话了，我也没说，沉默是金。过了几分钟，他才开口。

“你明天啥时候走？”

“7 点。”

“我去送你。”

“好。”

“你在磨损我的热情。”

高三的时候，我、江哥、林瑾歌、沈絮，商量好考同一所大学。沈絮和男友分了手之后，突然变得和我很亲近。

“陈深，我决定了，再在江迟身上赌四年！”

“他已经和你说得够明白了。”我淡淡地说。

“没关系！”她依然斗志昂扬。

“没关系？”我突然笑了。

这几天沈絮告诉我，她不会忘记那个笑容。那是一个带着一点点讽刺，也带着一点点心酸的笑容。也是那个时候，她意识到，我可能还喜欢她。也就是这几天，我们两个和好如初，变回同以前一样的好朋友。

江哥问我："你甘心吗，付出了那么多时间？"

我笑了："有什么不甘心的。你不也甘心了？沈絮不也甘心了？我有什么不甘心的？"

江哥不说话了，然后他笑了，笑容很浅。

"我甘心啊。"他低低地说道。

不得不说，自从江哥有了工作，他越来越成熟了。回头一看，好像只有我还在原地踏步。

"好了。今天出去玩儿吧。这工作交接得差不多了。"

"好。"

高三那年，我突然躲着沈絮了。从以前巴不得每天叫她，到现在每天躲着她，我也不知道我是怎么了。反正就是这样的，沈絮见我这样，就频繁地主动来找我，为此我乐了半天。

直到一位朋友跟我说："陈深，你和沈絮不是对象吧？"

"不是啊，怎么了？"

"看你们那么亲密，我还以为你们是对象。如果是对象，那你就被绿了，啧啧啧。"

我愣住了："啥意思？"

"你不知道吗？沈絮现在和好几个男生玩暧昧呢。"

暧昧？我又笑了，笑得停不下来。

"喂喂喂，陈深，你不会真是她对象吧？"

"不是。"我斩钉截铁地说。

放学回家，我没有等沈絮。

“陈深！”

身后传来她的声音，我不觉加快了脚步。

她跑过来拉住我：“累死我了。你是没有听见我叫你吗？对了，你为什么不等我？”

“等你的人那么多，为什么要是我啊？”

她有些愣：“你知道了？你听我解释……”

“解释什么啊？”我甩开她的手，“你当我是傻子吗？从初中开始，你就一直拿我当备胎，我一直认为这没什么。”

我看着她笑了，这是我第一次对她发脾气。

“陈深……”

“好了，”我再次打断她，“沈絮，胸襟再大的人，也不可能会大到这种地步。”我深吸一口气：“一次性养那么多备胎，还把他们玩儿得团团转，你可真是聪明。别再消磨我的热情了。”

说罢，我转身走了，没有管她。这是我第一次丢下她。这也是我为什么在选择大学的时候跟着江哥去了林瑾歌的学校，而没有和沈絮待在一起。虽然后来我和沈絮和好如初，但这始终是我心里的一道坎。

“能驭万物而不能驭一心，能降六合而不能护一人。”

那次大吵过后，我们也就这样了。我没有听她解释，她也不会想跟我解释。也是，她完全没有必要同我解释。我是什么身份，她要跟我解释？

“真是无知啊。”我对自己说。

沈絮好面子，她没来找我，我也没去找她。

之前那个同学对我说：“陈深，你和沈絮怎么样了？没事吧……可能是我理解错了。”

“没事。”我冲他笑笑。

我突然很想见识一下“渣男”是什么样的。于是呢，我做了一个人生里最错误的决定，我开始接受一些女生，也不能说是接受吧，更多的是和她们玩暧昧。我把自己伪装起来，才发现，自己女人缘其实挺不错。我开始和一些社会上的女孩子来往，全身上下痞里痞气的那种。江哥给我打过几次电话，我都瞒着他，说：“还好啊。”

也不知道怎么回事，沈絮终于主动来找我了。

“陈深。”她声音有一些沙哑。

“怎么了？”我笑，拉开一把椅子，双手枕在脑后，半眯眼睛问她。

“我……”她只说了一个字，就没有说话了。

我心里那涌起来的激动退了下去。如果她解释，她说什么我都会信。可是她没有。

“还有人等我呢，你要说什么赶紧的。”我故意摆出不耐烦的神色。

“这样啊……”她看着我，缓缓说道。

“那你先去忙吧。”她接着说。

我咧开嘴笑了，真是讽刺。我拿起书包转身就走。

当初想着，就这样分道扬镳也挺好。殊不知，情毒已深，无药可解。

“为什么不爱我，为什么？”

陈总问过我和沈絮的事，我当时也就和她说了。

她听了之后，笑了：“陈深啊，想不到你还有败下阵的时候。”

我也笑了：“嗯。”

后来啊，你知道的，我这个人心软得很啊，很快就又败下阵来，去找沈絮了。

我朋友当时送了我五个字：“真他妈犯贱。”

贱就贱吧，也无所谓了。我发现我得学习江哥，拿得起放得下。我努力过了，我在救自己这条路上，已经努力过了。我真的不想闪婚，我妈给我安排的相亲，我也不太喜欢。我想着以后如果一直没遇见对的人，那就不结婚，一个人过也没啥。不过啊，我也一直在想，月老是不是讨厌我啊，是不是红线缺货了，到我这儿就偏偏没有了。

“你的眼中没有我，却依旧明亮如星河。”

后来我犯贱找了沈絮，我们也和好得差不多了，只不过还是有些裂痕在。没到那个时刻，谁也没说破。其实我觉得我们都挺不容易的——“我爱你，你不爱我，我还爱你。”

剩下的这些时间，我和沈絮都在努力奋斗。高考分数下来后，江哥的分数够上我们当初说好去的学校了，我也是。沈絮和林瑾歌没有考好，各自去了不同的学校。最后江哥选择去了林瑾歌那里，我也跟着江哥去了。

大学的时候，江哥和林瑾歌在一起了。我曾以为，江哥和林瑾歌会一直在一起，不料这是一个错误。

大学的时候，我不止一次看见过林瑾歌和其他男孩子在一起，举止很亲密。我想只是朋友关系好罢了，没有告诉江哥。江哥后来告诉我，林瑾歌夜不归宿云云，我的怀疑便越来越深了，但我依然没有告诉他。江哥也不是傻子，他的心里跟个明镜似的，只是他也装作毫不知情。在感情里啊，我们都太卑微。

直到有一天，我俩去超市的时候，看见林瑾歌和另外一个男孩子接吻。看着江哥的脸色，我安慰道：“可能是看错了。”可我分明看得清清楚楚，那是林瑾歌没错。后来呢，江哥开始拼命地赚钱赚钱赚钱。直到有一天，江哥打电话给我。

“喂，陈深，我在医院，我和林瑾歌分手了。她怀孕了，不是我的。”

我愣住了：“我马上来找你。”

遇见江哥是在医院旁边的公园里。他在笑，笑得让人心酸。

他跟我说：“林瑾歌不要我了。”

看他这样，我气到了，问他：“你为什么偏要在一棵树上吊死？”

他说：“那棵树深得我心。”

我就说：“去喝酒吧。”

他说：“林瑾歌不喜欢酒味。”

我打了他一拳：“江迟，我劝你，忘了林瑾歌。”

他说他会忘记的，不过他还是没去喝酒，他回去了，我也回去了。回去后我就在想，我有什么资格劝江哥，我们俩，也不过是半斤八两罢了。

“繁星就别送了，我早已有星河。”

刚点进来，发现有一个妹子私信问我：“深哥，为什么爱情总是得而不惜的？”

这个问题我想了很久，但是我只是反问了她一句：“你后悔吗？”

她回答我：“不后悔。”

我说：“那也就没有什么得而不惜了，只有分道扬镳和各自安好，有些时候，分手也算一种表白。”

从写下我的故事到现在，也有半年多了。想了很多，发现自己已经慢慢释怀了。

大学那会儿，江哥很丧，很颓废。我和沈絮一直陪着他，不过还好，他很快就走了出来。说到这真的还是要谢谢陈总。现在，我对沈絮，也要真的死心了。其实看着她嫁人也挺幸福的。江哥和陈总打算和我一起去参加她的婚礼。陈总怕我难受，还调侃我说："陈深，你咋这么受欢迎，到哪儿都是伴郎。"

我笑了一下："那是。"

"现在，打算接受伯母给你安排的相亲了？"

"可以，试试。"我想了想，点头。

"嗯，记得幸福。"

好。都得幸福。

"你看日子山高水长，可谁和谁有来日方长。"

还有 10 天，沈絮就举办婚礼了。这个故事也应该完结了。不过放心，我结婚的时候一定跟你们讲！哈哈。

我和沈絮，终究是"失联"了。

沈絮已经结婚 10 天了，如她所愿，我是伴郎。

手捧花我抢到了，主持人让我送人，不过现在那花还放在我家里。江哥去了，陈总也去了。沈絮真的长大了。

我仍然记得，陈总和江哥领证的那一天，沈絮看陈总的眼神，恨不得把陈总生吞活剥了。不过那天的她，看见了江哥，虽然有一点动容，但眼神里更多的却是平静和即将结婚的幸福。陈总和沈絮互相加了微信，留了电话，两人也有一搭没一搭地聊天。我和他们找的伴娘一起搭伴，那个伴娘比我小一岁。男方找的，挺老实一女孩。吃过中饭，我和江哥他们就要走了。

临走前，沈絮抱了一下我，对我说："陈深，谢谢你。"

我也伸手抱了抱她。如果不出意外，这应该是我最后一次抱她了，像小时候那样。

"不用谢。"我轻笑。

"你永远都是我最好的朋友！"

我又笑了："废话，我肯定得是你最好的朋友了。"

"陈深，该走了。"江哥对我说。

"好。"我答道。

"回去了给我打个电话！"沈絮在后边喊道，"对了，江迟！"

沈絮突然大喊江哥名字，陈总和江哥同时回头。

"祝你幸福。"她说。

江哥笑了："你也是。"

沈絮啊，你的好朋友陈深，也祝你幸福。

月有阴晴圆缺，分手后你最大的遗憾是什么？ 前任博物馆

其实也没什么可遗憾的事，他的笑容给过我，他的眼泪也给过我。抱也抱过，搂也搂过，吻也吻过，没什么可遗憾的。

要真说遗憾的话，那就是曾说过一起走进坟墓的我们却半路走散了，虽然说没有你的新世界挺好的，可是，有你的旧生活也不错啊。

小肥肥i

最大的遗憾是，差一步一辈子，
可现在变成陌路人了。

不坐黑车

当初分手以后，
我说，我来追你吧，我们再在一起。
他说，好啊。
我开心得不知所措，
问了他一句，真的假的？
他沉默了好久，说，假的。
后来的我们再也没有联系了。
现在想想，要是当初我没有问真的假的，后来的我们是不是就不一样了。

到此为止

我谈了一场恋爱，对着手机笑，对着手机哭，最后连分手了都没来得及抱一抱。

念尘

为了她，疏远了一群人。
后来朋友们没了，她也没了。

CHenchEN

遗憾的是我没有好好地牵他的手四处走走，本以为有一辈子可以走的啊。

Sweetheart

大概是我们约定好的地方最后我一个人去了，说好去吃的东西我一个人去吃了。其实没什么感觉，只是偶尔会想，也许你在，会是另一种风景。

归零

最大的遗憾是，轻易地放弃了不该放弃的，固执地坚持了不该坚持的。最后，我哭着求他回来，他还是头也不回地走了。

关于喜欢何同学

何阿糖

关于喜欢何同学

所谓一眼误终生

刚开始和别人说我喜欢上了何同学，大家都认为我在开玩笑，因为我和何同学真的不像是有交集的人啊。

我喜欢上何同学是因为他的笑，他的温润如玉。他带给我的那种感觉很好很好，和他同班应该是最幸福的事了吧。

可是他很“高冷”，从来不肯和不熟的人多说一句话，哪怕一个笑容，都吝于给出。

对他心动，是因为我那天数学题做得头疼，然后就下意识向左望望我的闺密在干吗，结果看见了很安静的他。他的四周都闹哄哄的，唯独他不受干扰，好像不食人间烟火一般。

回过头来我咬着笔帽微微怔了一下，立马低头做题。低头时脑子一片蒙，脸热热的，全是他刚刚的样子……

冷静下来，仔细想了想，这个男孩子怎么这么好看啊，那阳光下的剪影，天哪……

向闺密打探，闺密说他高冷，不喜欢和别人说话。真有意思，我心里暗暗想道，然后偷偷瞄了一眼正在睡觉的何同学——睫毛在眼睑上投下淡淡的阴影，很好看。

所以这叫见色起意?

每次在食堂一眼就可以看见他，然后超级开心地傻笑。因为他比较不爱说话，所以我也很少和他交流。

那天他和我以前的初中同学课间去买吃的，当时我饿得要死不活的，就把饭卡塞给我初中同学让他给我买面包吃。

等了好久，是何同学给我带回来的。隔着人群，他远远地把面包举起来，对我微微抬了一下下巴。

当时仿佛周围一切都变成黑白的了，只有他和面包亮着。原谅我真的太饿了，一个飞扑夺下面包一个劲儿傻笑，根本就没搭理何同学。

当我意识到面包是何同学买的时，我再没吃面包了，小心翼翼地放在桌子里。

同桌“多肉”打趣:“男神买的？”

“嗯。”嘿嘿嘿，我趴在桌子上，偷偷地瞅了一眼何同学，脸上热热的。

“啧啧，你是真的喜欢他吗？”

“可能……真的喜欢上了……”

喜欢来得就是这么莫名其妙猝不及防，不看颜值，只看感觉。

傻里傻气地喜欢

明白了自己是真的喜欢上了何同学，我突然变得娇羞了。

喜欢一个人就像装了 GPS，哪怕人再多只需要看一看，就能一眼看见喜欢的那个人。看见了就会心安，看不见会很烦。

因为我和他同班，所以经常可以看见他，这也是暗恋中最开心的事。不用绞尽脑汁地制造与他的偶遇，只需要在阳台趴着到处瞅，远远地看他来了立马拔腿就跑，溜进教室乖乖坐到位子上偷瞄。

可能是我有时候太紧张了，每次都会在他面前出糗。说来也是奇怪，只要我放肆出丑的时候，他总是能看到。

我和别人大吵大闹，蹲在那里一边系鞋带一边“怼”别人时，他就在后面。

我大吵大嚷地冲向同桌要零食时，他刚好从门口进来。还好我一个急刹车，要不然就扑上去了。因为这个，同桌笑了我好久。

喜欢偷瞄他，上课偷瞄，下课偷瞄，吃饭偷瞄。

原来誓死不去一楼的我，拉着闺密“肥羊”去了一楼，只因为他在一楼。因为看见他了真的很开心，就像小时候偷吃零食一样。

那样地小心翼翼，那样地满足。喜欢一个人应该就是很想昭告天下，但是却又因为害怕他皱眉，害怕打扰到他而偷偷地藏着。我很容易因为他小小的举动满足，偶尔有一次看见了他笑，整个世界都明媚了。因为他，笑起来真的很好看。

喜欢一个人那种感觉很奇妙，莫名有了动力，不开心时只要想想他，就会觉得天大的困难都不是什么。

一场尴尬的告白

放了假以后，看不见何同学的我“生无可恋”，每天都在想何同学，天天对着闺密叫嚷着我想何同学。然后……我想告白了。

我觉得我在学校表现得那么露骨，他应该知道我喜欢他了。他对我感觉怎样呢？

深受“玛丽苏”荼毒的我，特别爱幻想，但是由于骨子里的自卑吧，又不敢奢望何同学会看上我这种女孩子。他那么安静温和，应该喜欢的女孩也是那种娴静温柔的，而不是我这种吵吵嚷嚷的“女汉子”。

在纠结万分的状态下，我在谋划怎么和他告白。

于是我问闺密“八戒”，她说：“写一大段煽情的话，然后说我喜欢你啊。”

“不行不行，太矫情了。”

“那，直接说我喜欢你，做我男朋友吧？”

“太直接了，一点都没有感情。再说了，被拒绝了怎么办啊？”

……

“那怎么办啊？”

“要不然学陈小希向江辰告白那样？”

“嗯？”

“你先说‘我喜欢你’，他如果说‘我不喜欢你’，你就说‘再想想办法啊！’这样一来既不会尴尬，也不会觉得矫情。”

完美，就这样。

于是我就等啊等，就等着2月13日那天12点到来，时间一到，我傻乎乎地发了一条信息过去。然后又等啊等，最后我就刷动态去了。

突然，“特殊关注”的提示音响了，我心中一震，立马点进去看。

“我知道。”

不按套路来？我当时蒙了，编辑好的内容也哽住了。

正准备再打字时，他又发了一句：“可不可以不要想这些？”

是一种隔着屏幕都可以感受到的冷漠，我顿时大脑一片空白，没头没脑地发了一句：“我错了，对不起。”

估计是把他也弄蒙了，他发了一个问号。

我就回复说：“不应该想这些，我错了。”

然后，没有下文了。

告白失败，内心酸酸的，有些失落。但是我没有哭，反正也没有抱多大期望……

可是当真正确认连一丝希望都没有的时候还是挺伤心的……

第一次告白，以尴尬失败结尾。怀揣着这种小心翼翼的喜欢和被知晓了之后的喜悦与心酸，莫名其妙就觉得很甜啊。

2017 年 12 月 31 日

喜欢上了何同学。

2018 年 9 月 20 日，00:56

此时此刻，也很喜欢何同学。

何同学这会儿还在熬夜。

最后的再见

我已经决定放弃了，毕竟我的好与坏和他无关，我选择喜欢他就是为了和他在一起。既然没有可能，所有的等待也都无望了吧，爱自己才是最重要的啊。

这周其实听了很多关于何同学的事，他和女朋友一起逛街我都看见了。何同学是个好男朋友，真的很宠女朋友，他那么不善言辞，和她在一起却那么多话，虽然很嫌弃她送的发圈，却还是戴着。

我曾经热烈喜欢过的男孩子啊，就这样成为别人的了。很遗憾是真的，无力也是真的。

那么，祝福他们吧。

372 天的喜欢与痛苦结束了，这个故事，就到此结束吧。

虽然很难过，虽然不甘心，但我得学着放下吧。

何同学我很喜欢你，但它要成为过去式了，祝好。

我们俩

我们俩

关于我，还有她。

我们俩的故事，要从 2015 年开始说起。

那一年，我是个懵懵懂懂的小愤青，身无长物，一事无成。三月份父亲回了家，敲了敲我 22 岁的榆木脑袋，说：“你应该找个女朋友了。”我有着过于沉稳的体重和一颗过于沉稳的心，笑了笑，权当父亲开的玩笑。

那时是四月，父亲一病不起。我坐在医院的长椅上，看着窗外的霓虹招牌，手里攥着脑梗病危通知书。我想这不算什么，毕竟我是个男人，得想想办法撑住一切。四个月过去，我让父亲下了床，他恢复得很好。哪怕我在工厂活得如牲口，也要好好给偏瘫的他送饭。

两个礼拜之后，我听见父亲从病床上爬起来说："我想回上海，去海上，接着在货轮上当一个海员。"也许他像个任性的小孩子，也许我是个长不大的巨婴。他还是回了上海，去挣钱，因为他眼里的儿子，需要一个女朋友。而这个儿子却有着一副不像能靠自己找到爱情的懵懂模样。于是，他带着脑疾，去了1300公里之外的地方。

"我们得谈谈。"我如此对自己说，然后捡起了键盘，开始写一些只有我自己能领会的文字，试着对生存以上、生活未满的现实还手。

我给一家网站投了稿，开始用文字换钱、换生活。我单单抱着试试看的想法，就这么去做了，可没想到，它改变了我前22年如一潭死水般的颓废人生——它能换钱，而且还不少。我没有感觉到任何意外，我放弃过许多事，唯独在这件事上，我的内心有种出人意料的执拗。

2015年9月，我开始了自己的作者生涯——这是一段光怪陆离的故事，可能你不会信，但它确确实实发生了。

2016年4月，我们相识了。

她常常出现在一个作者群里，话不多，属于小透明，以"汉子"自居。她是个能量十足的姑娘，我如此想，却没有抱着任何逾界的想法。因为那时候的我，好像还太弱了点——我的稿费只比工厂给牲口的饲料价高上那么一些。从来没有婚恋的想法也是因为这个，匮乏的物质让我的精神需求成了奢望。

而我们第一次对话，我已经记不得是哪天，可却记得她说过的话。

她说："大佬能给个推荐吗？"（我们通常用推荐的方式给读者推书）

我答："我的推荐有什么用呀？"

她说："不不不，我一直很好奇你这个人。"

我隔了半个小时才回话："扑街仔一个，有什么值得好奇的？"

她说："因为你的声音很好听。"

我从来不觉得一个"气球"的声音好听。说是气球，因为从体形上来看挺像的。这是个很冷的笑话，却一点都不好笑。

后来，我们俩的故事开始了。

六月份，我辞了工厂的工作，因为稿费已经足够支撑我生活。听闻我要辞职，父亲勃然大怒，他远在上海，却依然想要我猫命（我的头像和笔名都是一只猫）。他说："你就应该在那个地方干50年。"这句话对我造成了数百万量级的暴击伤害，我红着眼睛，不能容忍这种强加于身心的压力，毫不犹豫地辞职了。

我开始过上全职写稿的日子。关于我们俩的故事仍在继续，她说公司要开年会了，很期待和我见面。那么看看我都准备了什么？一件土得掉渣的老皮衣，一顶牛皮帽，一条加绒的厚牛仔裤，一双皮鞋，一副口罩，加上一个手提包。带着100斤的行李和200斤的体重，还有 21 克的灵魂，我搭上了去北京的飞机。

当晚，我在机场等她来，我在脑海中想象过无数次她的模样。我想逃，因为我觉得，人生中或许有很多次狼狈的时刻，但没有比现在更糟糕的了。一个真实肥宅，即将看见她——我内心隐隐地觉得，她可能是我第一次接触，便会看上的人。

晚上 11 点，同行的作者给我买了一份草莓圣代，我不知道人家怎么想的。也许是发现了我那猛男风格装束之下的最后一点少女心？就这样，我端着一杯奶油冰激凌甜品，一身堪称邪神风格的装束，牛皮帽上顶着个洛夫克拉夫特“克苏鲁神话”中的旧印，伸长了别人不知道看不看得见的脖子，就这么看见了她。

我远远地认出了她，她长得和照片里一样。可我没打招呼，我想不太合适，我一直都是个胆小如鼠的人。可她认出了我，因为那顶来自 20 世纪 80 年代的帽子。出人意料的是，她上来便张开了双臂，索取拥抱。而更尴尬的是，就在我的大脑一片空白时，她已然将我包成了圆——我稍稍比她高一点，她得轻轻踮起脚。她说：“我也买了口罩，和你一样的！”我心中五味杂陈，不太能形容当时的感受。

回了年会安排的酒店，我还是那个榆木脑壳，我想一直都是这样。我见到了平时只在新闻上见过的人，听见了只在新闻上听过的事。第二天，男女作者是分房入住，室友是个写武侠的，他问：“她和你什么关系啊？”我说：“没什么，朋友啊。”后来室友也不问了。而当晚公司安排了泡温泉，男女混浴的那种。23 岁的小愤青想，这辈子好像还没泡过温泉，要不就这样算了吧，保持一辈子不泡的纪录挺好的。没错，当时我确实是这么想的。

晚上六点，室友去了隔壁，和作者交流剧情。而她在过道拦住了我。

她说:“一块下去吧？”

我问:“哪儿？”

她说:“温泉呀！我还带了泳衣呢！”

那时候我思考了两三秒，不知道过没过脑子，一句话脱口而出:“你杀了我吧。”

如果说婚姻是爱情的坟墓，也许我一辈子都没想过去碰那片土。但当时的我是这么想的——恨不得拉上她的手，和这个一生之敌找棵树“立地成佛”，用“自挂东南枝”的姿势就行。每每想到此处，就不由自主地发出“玉石俱焚”的笑声。

晚上我还是去了温泉，去展示着人生中不多的半裸模样。我认为那是一个肥胖者最不堪的时候。

而那天晚上，她差一点要了我的命。

我说过，那是个能量十足的姑娘，她带了一群小跟班，十来个妹子。问题就出在这儿。

到了温泉池里，人很多，我随便找个地方准备好好将这身皮囊藏起来，可她却跟了过来。我换了一个池，她不依不饶地跟着，她身后浩浩荡荡跟着十来个妹子——我想我这辈子没遇见过这么扯淡的事儿，这可比小说玄乎多了。

于是领导的脸色渐黑——那是个精明人，也喜欢小姑娘。我在温泉里被她那掠食者一样的眼神和连体泳衣，以及两条手臂上的肌肉“联手”追了15圈。我想她可真是个人物，索性一抱拳，直拐进男厕所。而我能看见她眼睛里的好奇，渐渐在变成其他东西，就像是我越是逃，她就越不开心。

她换了浴袍，去做了推拿，看见我了，二话不说便拉着我去了KTV。北京这种地方KTV都很贵，我们大眼瞪小眼了半天，对着一个小时600块的包间笑出了声。

她说：“不知道为什么，突然就很想唱歌。”

我说：“没钱……”

她说：“我有！但是不想花！”

于是话题就这么终止了。

晚上，我俩不约而同鬼使神差地推开了房门。两三点的时候，她拿过来一包茶叶，说是醒酒用的——可那天我并没有喝酒。

我问她：“有没有觉得我和那只猫一点都不像。”

她说：“你是个很温柔的男人，而且已经很出色了！”

我内心很惊诧，因为我从来都不觉得这些能拿出来单独说。

她补充：“开年会之前，你不认识CC（一个男作者），但是在CC门外等了三个小时。你说CC有病，身体不好，就这么傻等。我就觉得，你是个很会照顾人的家伙！”

我说：“我觉得每个人都会这么做，都应该这么做。这是基本礼仪。”

她也不提这个，好像失去了智力：“但是我就是觉得你很厉害！”

我说：“没感觉，年会上，每一个人都比我强。”

她说：“因为你说要一次过稿，就立马做到了！我们这行里，90%的作者拿不到钱，还有5%的吃不起饭。你才写了一年就能养活自己，可以说是非常厉害的人了！”

我的内心有种强烈的苦涩感在翻江倒海。

那时候，我从未觉得自己如此贫穷，精神上，物质上，都给不了她任何承诺。我确实是个说到做到的人，可有些事，如果做不到，就一定不会说。

从北京回到家时，我只记得她最后索抱时那种期待的表情，我想我这辈子都忘不了。虽然一旁喜欢小姑娘的领导嫌她太丑，但我觉得，她是最美的人。

2017年2月。我依然没有开口说“喜欢”，因为我觉得配不上她。她研二，我“文盲”——比较好笑的地方在于，我一个“文盲”居然进了作协，以文字为生。

她在南京，我在衡阳。那三个月里，我做了一件以前没做过的事。

我和她说：“我现在只能说，我喜欢你，但不是爱，因为我觉得没有能力讲出这句话之前，我不能随随便便就索求一个人的下半生和下半身。”

她仿佛等这一句等了很久很久——她的语气中带着很多明显的情绪。

她说：“我以前有个男朋友，但是家里人讲，我是独生女，如果那人不是南京的，也不愿意留在南京，那会很难。我不能答应你的喜欢。”

天知道她到底有多想让我重新“和自己谈谈”，因为每一次自我审视过后，都能开启另一种崭新的人生。

但她在说出这句话时，我关掉了南京房地产信息网页。我和她说：“在你问我要去哪儿的时候，我在查南京的房价。”

她过了很久才答：“今天闺密和我讲，我一整天都不太对劲，我想这是怎么回事。后来她提到了你，我把你的优点都和她讲了，她说……”

我问：“她说什么了？”

她答：“你完蛋了。”

我问：“我完蛋了？”

她答：“我完蛋了。”

没人——包括我自己，知道那三个月我是怎么过来的。我的体重从104公斤，直降到75公斤。我从一个身材近似的气球，变成了健身朋友嘴里的真的“气球”——放屁都能瘦。我看着那五十来万元的首付，心里只有懊恼和焦急。

她说："我一个人骑车去健身房；你这个人不要给我送牛肉干了浪费钱；我这个月大姨妈来了；我想你了，我想现在就去你那边；我的导师在使唤我，她是魔鬼吗？"

她和我分享着1300公里外的点点滴滴。

我说："我想去南京看看你。"

她满怀期待，却一口拒绝："不要浪费钱，我知道我们都穷。"

这段感情的裂痕，在三月份诞生。那一天晚上她偷偷打电话给我。

"我觉得我们还是不合适，你那么倔强，又那么敏感，我也是个好强的人，我们俩要是在一块，肯定头破血流的，谁都不会退一步。"

那时候我脑袋里闪过了无数的想法，却单单选了错误答案。因为，我还没有能承担起责任的双肩，依然不能把喜欢变成爱。我向来是个脚踏实地的榆木脑袋。

"嗯，我觉得你说得很有道理，因为你的学历比我高，见识比我广。你有你自己的想法，这是对的，我不能用我的想法来约束你。"

她很久没回话。我看见她在那头打了又删，删了又打。

她说："嗯，那么以后我们还是好朋友对吧？"

我说："嗯，我对你图谋不轨，这也算吗？"

她发了个很复古的表情："XD，算。"

我们第一次试着不去互相道晚安，我却一晚上没睡着。

第二天夜里三点，电话来了。她哭了，哭得特别厉害。我从来没想过一个如此要强的女人，会哭得这么凶。她有一份工作，同时写着三本书，还在攻读研究生的学位，下雨天也要骑车去健身房，她强得不可思议。

而这天夜里，她哭了。

她说："我今天心绞痛痛了一天，不知道为什么，我去看医生。医生说没问题，我觉得她是个庸医，居然给我开了一瓶维生素C。后来我看了报告也说没问题，我这才想起来……"

她说得非常慢："是因为你。你是不是个智障？"

我说："我们得谈谈，有些事我不会隐瞒，但你的话，我每一句都当真。"

她说："为什么你那么简单就放手了？为什么你好像什么都不在乎的样子？为什么你还没到我身边来？为什么呀？"

我没回答，因为——我依然凑不够首付。

她说："我觉得房子什么的，只要两个人想想办法，都可以试着解决。现在的问题不是钱，而是我俩的关系。我妈今天又催我去相亲了，我一点都不想去，我觉得你很好，我身边好像有好多很好的，可我怎么就看上你了呢？"

她接着说："以后你不能这么傻了，如果听不懂我在说什么，也别这么简简单单就放手了，我会很难过很难过的。"

我应了一句:“好。”

我们俩，在 2017 年 3 月 18 日，断了所有联系。原因是，我的父亲回来了。我不能抛下身为人子的责任，以追求爱情的名义，去 1300 公里外和一座城市抢一个女人。我也不能再用虚无缥缈的东西，去牵绊住一个上升空间很大的姑娘，毕竟，我不是那种一定要人等我几年的混账男人。这不现实，因为我自己是写故事的，我知道主角是谁，他绝不可能是作者自己。

直到我收到她后来断断续续回的信。

她说:“我把问题都留给时间了，我觉得我不是个瞎子，你不会写一辈子书。”

到了 2017 年 9 月，我依然是那个榆木脑壳，把故事写完的一瞬间，想和她说:“你看！我又完结啦！”

这个时候，我恍然发觉，自己和心爱的人，早就已经聊不上一句话了。

我这后面的疯魔，都成了自己和自己的赌气。我病了半个月，就像是被掏空了心力，我没想到会这么严重，心里感觉很多人与事都成了一笔烂账，剪不断理还乱。直到我失去了她所有的联系方式，我才发觉，其实自己不擅长写喜剧。

2018 年 3 月 18 日。

我在某个创业公司拿到了 15%的股权，这家公司原本要死了，我在家写了两年，想出来干活，却阴错阳差把它救下来了。它是做文创的。

我依然能在微博上知道她的消息。她已经成了国家二级编剧，自己做过网剧、网大（网络大电影）的活，看起来前途大好的样子。再看看我，叫生活逼得无比认真，开始干一项吃力不讨好的事业。搞文创又有几人能成功？只是这一次，我的榆木脑袋，变成了铁头，我要撞开一条路来！

也是在这一天，我又加了她。她不觉得一个不说话的陌生人在她的列表里有什么好的。

她说："这回你来动手，你拉黑我。"

我说："我不要。"

她说："你长本事了？"

我说："你学搏击了？"

她说："这你也知道？"

我说："随它去吧，我只活一次。"

当时间将一个人变得面目全非时，他可能是变帅，但更多时候，是变皮。我们保持着微妙的沉默，直到5月。

公司接到了剧本的单，我身边的作者朋友活儿排满了，于是我重新联系上她。她现在忙着应付导师，忙着做公益，忙着学搏击，忙着看剧本、写剧本，下个月还要正式入职，没空接我的私活了。

我们一本正经地聊着公事，最后互祝好运，默契地没提以前的任何东西。

2015年，我一无所有。

2015年，我依旧一无所有。

我的故事就讲到这儿了，和小说一样，它依然在连载。

明明是我先认识他，现在我怎么变成第三者了

匿名用户

明明是我先认识他，现在我怎么变成第三者了

一

我今年四十一岁，他比我大三个月，我们同村长大，两家房子只隔了几排。

在我们那个村子里，家家户户都很熟，还经常有姻亲关系，譬如我二表姐就嫁给了他表舅家的哥哥。

村里长辈看着我们长大，我们小学在一个班，初中到镇中学上，离家也不远。大家都是附近各个村来的孩子，初一的时候同学还挺多，上着上着就越来越少，学习不好只能回家种地的孩子天天都有。

而我和他都是老师最喜欢的“尖子生”，天天被表扬，轮流当第一。村里人都以我们为骄傲，全镇都知道第一第二永远都是我们村。

但我是用功型选手，他是天才型选手。从那时候起，就有人天天开玩笑让我们两家定亲。

我们都是家里老幺，我上面有四个哥哥、两个姐姐，爸妈生我纯粹是因为农村人那时候不懂避孕，有了就生；他有一个姐姐、一个哥哥，他爸妈生他时岁数很大了，因此，他是集全家疼爱于一身的孩子。

我努力学习是想摆脱贫困的家庭，而他学习不怎么努力，但他就是懂，就是脑子比一般人聪明一些。

在那个年代，中考就是一次选拔，学生按照分数由高到低可以选择不同的中专，像我们两个这种五百多分的可以去当时最好的师专和医专，毕业就能直接分配到学校或者医院。

但是我有个大学梦。在那个年代，大学生还不普遍，尤其是在我们那种小地方。

后来，全校继续上高中的只有我和他。学校在区里，我交不起宿舍费，他也不想住校，每天便自然结伴来回。

二

为了方便上学，他家里给他弄了一辆“二八大铁驴”，骑车半个多小时也就到了。“大铁驴”没有后座，只有前面一根横杠。于是我们村里无论是早起干活的人，还是傍晚在外面纳凉的人，总能看见他骑个大铁架子上下学，俩胳膊中间夹着我。

这种场面不被起哄是不可能的，小孩看见了都在后面追着跑。全村人都说我们像两口子，说他好福气，我们家三个女儿都眉清目秀，只剩最后一个没出嫁的，让这小子得了便宜。就连他爸妈、他哥哥姐姐看见我都开玩笑说，要不你以后就嫁给我们老三吧！他爸爸到我们家串门的时候还说过，干脆结个亲家。

每次遇到这种情景，我都会羞得满脸发热，他就在旁边咧着嘴，露出一口白牙，笑得跟个傻子似的。

现在这段路开车往返就很快了，但是当时土路更多。夏天白天长倒还好，到了冬天，早晚都很黑，我就有点害怕。因为我经常胃疼，他冬天早起出门都会给我带一玻璃瓶的热粥，路上放在我怀里暖胃，怕我着凉，塞给我的时候还常说“婆婆给你做的”。

有一回晚上天太黑，他骑车压到石头上，颠起来了，车子失去平衡。摔出去的一瞬间，他的手不是条件反射地准备撑地，而是护住我的头，最后我没受伤，他头上却磕出了一个血口子，留了个疤。

三

他很聪明，高中数学考试每次都接近满分。我却自觉智商普通，就是肯下功夫死读书而已。

我家里人太多，晚上永远是乱哄哄的，我有时候会跑过去找他，因为他自己有一间屋子。有时我们各自看着书，偶尔抬起头相视一笑，觉得分外美好。

他也常来找我，以送各种东西为借口。我们全家热衷于留他吃饭，只要是到了饭点他出现了就不让他走，不管桌上放的是啥他都会说好吃，其实我知道，我们家寒酸的餐桌跟他们家的条件压根儿比不了。

周末我们一般也没什么娱乐，冬天我会早起去他家田里，看他帮他爸爸掀开塑料大棚的草帘子，日出的光打在他身上。在我还离得老远时，他从高处看见了就会挥着胳膊喊我。有时候，他带我去冻得结实的小河沟里滑冰，有一次带我去大河堤边坐下，花半个小时凿了个窟窿，像模像样地钓鱼，最后却连鱼的影子都没见着，还傻乎乎在冷风里偎着坐了一下午。

其他季节就好玩一些，我们有时候去地里摘野草莓吃，有时候爬上他家大棚，并排躺在上面，看着黄昏日落，互相问问题，畅想长大以后的事。有一回我从大棚上下来时没踩稳，直接踩到塑料上，把他们家大棚戳了一个洞，导致这一大条的塑料都要换。我很害怕，他说："没事没事，我就跟我爸说是我踩的。"

高二暑假有一天晚上，他家大狼狗找不着了，他心疼地到处找，第二天早上 5 点起来继续转着找。我起来时发现他在街上，神情呆滞，絮絮叨叨地说狼狗是他从小养大的，现在丢了怎么办。我一边劝他，一边陪他一起转着找，走到邻村才发现他的狼狗和一只母狗很悠闲地趴在一起，他喊都喊不走，把我给笑惨了。

四

高考的那一年，所有同学压力都很大。距离高考还有两个多月的时候，班里一个个子很高的男同学扛不住压力跳河自杀了。我们提到那个男同学时总是很惋惜，不能理解为什么他仅仅因为高考压力，这么年轻就选择自杀。况且他还是家中独子，家庭条件也好，又不是非得走上大学这一条路不可。何必呢，心理承受能力太差了吧。

直到我第一年高考落榜以后，我才理解了那个男生的绝望。从此以后我也明白了，永远别在自己没亲身经历过的时候评价别人的痛苦。哪怕你也经历了同样的事，不同的人感受到的痛苦也有轻重大小，真的不要对别人评头论足。

最终他考上了天津的一所名校，我离分数线只差五分。所有人都没想到这个结果，因为我平时很稳，高考的时候也没觉得自己发挥失常了。在一番痛苦的抉择后，我选择了复读。开学之前我送他到大学报到，待了两天，我们还在校门口合了影。

他到车站送我回家的时候，我坐在绿皮车里向外看他，他热得满头是汗，还不停地叮嘱我以后自己一个人住校要注意什么，说他等着我。

他说什么我都笑着点头答应，等车开走了看不见他了，我的眼泪就下来了。隔了这么多年，我还能分毫不差地回忆起那种苦涩的失落感，就像我坐的火车驶向了和他完全不同的人生轨道，从此再难相交。

回去复读后，我度过了无比煎熬的一年。他走了，一切都剩我一个人了。我开始意识到我过去有多依赖他，自己好像什么都做不好。进入小一届的班级上课，老师也都不是原来的，感觉环境很陌生。我压力倍增，成宿失眠，想着干脆不睡了起来学习，又头疼得想吐。那一年，我的身体出了很多问题，经常情绪失控，甚至有了自杀的念头。他每月给我写信寄到学校，每周日晚上给我打个电话，说的都是鼓励的话，但是我听着特别刺耳，老是冲他发脾气，然后内疚，压力越发的大。

高考又来了。可是这一次，还没考试我就知道自己完了。放榜的结果是，我差了 14 分，还不如第一年。从此我便再也没有学上，也没有像当初选择中专能得到的那样好的工作机会了。我整日萎在家里哭，不吃饭，生病，谁劝都不行，感觉未来就是一片昏暗，无路可走。

虽然当时还不懂“阶级”这个词，但简单的现实摆在我面前，我觉得自己以后永远都配不上他了，也没有勇气再复读第三年。

五

我萎靡了很久，原来有希望上大学的时候我是父母的荣耀、村里人的骄傲。当他们知道我什么都考不上以后，所有人对我的态度都变了。父母看我在家吃闲饭觉得别扭，唠唠叨叨，村里人也都把我当成了茶余饭后的笑柄。

他的父母对我的态度也有细微的变化，表面上和以前一样，但我总觉得他们的笑容有点僵硬。我心里明白，他们想必也觉得我配不上他家儿子了。

我在市区里的超市工作过一年，后来附近工厂招审计，托了关系，才进去了。

但我心态失衡得厉害。他放假回来，身上带着大学生特有的那种朝气，和对知识一如既往的渴望，每天过的是新鲜充实的大学生活。而我，已经在枯燥繁杂的工作中，失去了对生活的热情。

生活好像一潭死水，只有他能给我带来波澜。他给我讲大学里的生活，各种趣闻——室友们都来自哪里，谁呼噜声太响等等。我很爱听他讲，想贴近他的生活，可是最后总是莫名其妙地冲他发脾气。我知道我不是生他的气，我是恨自己，总觉得自己在他面前低了一等，害怕他充满希望和前途的未来根本容不下我。

我也会害怕他爱上别人。每天有那么多年轻开朗的女大学生在自由的大学校园里行走，而我已经被一个小圈子圈住了。

我害怕失去他，但是我用了最笨最蠢的方法——无理取闹，过度敏感，不断试探他忍耐我的极限，想以此证明他还爱我。

我表达能力实在有限，也说不清楚我们之间到底发生了怎样的变化，总之他肯定也觉得我慢慢变得不可理喻了。

后来越和他相处，我越能明显地感受到我们的圈子不同了，接触的朋友都不同了，思想、眼界、处事方法、知识水平全都不同了，一切都不一样了。我们变成了两种人。

他也是太争气，因为本科成绩好，又到北京的一所大学读研究生了，是一所很有名的985大学，我不知道当年有没有这个叫法。

六

我等了他五年，五年异地，这期间经历了各种辛酸、冷战、争吵。我压力大的时候，病了，难过了，他都不在身边。而他面临的困难，导师给的压力，要做研究的那些东西，我都不了解，也分担不了。

其实我早就明白，他毕业不会回来了，跟我在一块儿就是在拖累他。至于以后把我带过去，更是痴人说梦了。他心里应该也明白的，只是我们都舍不得说结束。

到了最后，还是我提的分手。一个农村出来的学生，像他那样通过学习改变了命运，太不容易了，我放他无牵无挂地走吧。当时觉得这样选择我也解脱了，分开对彼此都好。

他问我想好了吗？

我说想好了，这样下去谁都痛苦。

他就没再挽留。

他一直读到博士，毕业后留校任教，我们也各自在自己的圈子里组建家庭。他和同校的一个北京姑娘结了婚，我在本地相亲认识了我丈夫。

总有人说，不能理解为什么会有人放弃深爱的人，选择和认识没几个月的人结婚。可我就是如此啊！我当时相了很多亲，一个都没看上，介绍人都震惊了，问我到底想要什么条件的？到了我丈夫（现在的前夫）这里，我爸拍着桌子冲我吼，唾沫星子恨不能飞到我脸上。

“你到底想干啥！从小到大你想上学我供着你上了，什么都依着你了，你现在都多大了！搞对象还这么挑！这个小伙子长得精神，父母都是公务员，婚房都在市区里买好了，你还想干啥！你想把我气死啊！等你再大几岁，二婚的都不要你！”

不是他们条件不好，就是“曾经沧海难为水”罢了。是啊，我还想要什么呀，既然不是他，跟谁结婚不是结呢。

七

我前夫是个工人，婚前我只觉得他老实、人好，婚后才发现他嗜赌，打麻将玩得很大，而且上瘾，玩到兴起经常凌晨一两点才回家，也不洗漱，倒头就睡，沾染了一身牌桌上的烟气。

因为这个问题，我们冷战热战无数。其实他其他方面还算好，但可能是我智商情商都不高，不会聪明地解决问题。结婚数年，一直磕磕绊绊，最终只好协议离婚，女儿跟我。

而这期间我和他并没有完全断了联系，因为父母家离得太近了，过年过节难免碰到，有机会我们就一起走走，聊聊彼此的家庭、工作、孩子，很少回忆过去。

我还看过他儿子的照片，小小年纪就戴着眼镜，看起来就很聪明的样子，想必和他一样。

他问我过得怎么样，我从来都说好，报喜不报忧，尽力让脸上的笑不带着苦意。我不知道我为什么不想让他看到。

八

我刚离婚不久的时候，一天晚上食物中毒，吐到虚脱，凌晨三点多被女儿叫的救护车拉到急诊。他的大姐是医院的护士，正值夜班，看见我路走不稳，让女儿搀着，头发乱糟糟，估计脸色也是差得吓人，衣服上还粘着呕吐物，这副模样实在是太惨了。我叫了她一声姐姐，也不知道她那一瞬间脑子里想到了什么，竟脱口而出："弟妹啊，你怎么了！"

我的眼泪"唰"的一下就下来了，原来不是只有我还记得。

输了两天液，我基本好了，他却来到医院看我了。可能他姐姐也对我们的经历唏嘘不已吧。他把我从医院送回家，还给我做了顿饭，粥熬得很烂。

我想起了很多事，像高中冬天漆黑的早晨的玻璃瓶那样的事。

他问我怎么会离婚，你不是一直都说自己过得很好吗。我当时心理太脆弱了，忍不住全都告诉他了，包括我还遭遇过家暴。

他听完紧紧抱着我抱了很久，我感觉到他也流泪了。

从那以后，他每隔几个月便会回来看看我，虽然也不会发生什么，但我知道这可能就是"精神出轨"。说实在的，我也很痛苦，因为明知道身边这个人永远都不可能是我的。连和他吃个饭、散散步这样的事，我都充满了负罪感，怕被熟人看到。

有时候也会想，明明是我先认识他的呀，从还不会说话那会儿就认识了，是我们先私定了终身，现在我怎么就变成"第三者"了。

有时候又想，只有领了结婚证的两个人才是合法的夫妻，你说你们以前经历过什么，说过非他（她）不嫁（娶），有用吗？你们现在这样算什么？你不是昧着良心做着不道德的事吗？

我没问过他妻子知不知道我这个人的存在，其实他妻子根本不用担心，和她那样的人比，我一定相形见绌。他还念着旧情，也不过是因为，我是当年墙上的一抹蚊子血，现在变成了他心头的一颗朱砂痣罢了。

我们根本已经是两个阶层的人了，也许差得更多。偶尔见一面还好，如果每日朝夕相处，他恐怕很快就会发现我这个人粗陋不堪。

我们能一块回忆过去，但是不能共同面对现在和未来。我深知这一点，可是我离不开他。有时候也会想，如果当初我就是死扛着不分手呢？如果当初我再努力一点，多考五分，至少有个大学上，人生境遇会不会完全不同……但是一切都晚了。

九

2014 年我要做子宫切除手术，从住院开始他就一直在陪床。我不知道他是怎么跟家里人说的，但那一刻，我就是自私地觉得我需要他。当我做完手术被推出来时，整个人居然是清醒的，只是莫名感觉到刺骨的冷，张着嘴却说不出话来，只能勉强挤出一点声音。他把耳朵贴在我嘴边听，还是听不出来我想说什么，急得直叫大夫，求大夫看看我这样是不是因为太疼了。

半睡半醒的时候，我听见他和我的女儿说，以后要对妈妈好一点，她身体不好，又做了这么大的手术，以后你一定要听话，不能惹她生气，她不能生气……

做完手术，我的身体元气大伤，恢复得很慢。有一天晚上我又情绪失控，拿起手边够得着的东西往他身上砸。他不明白我突然怎么了，就上来抓着我两个胳膊不让我动。我让他“滚”，说不想看见他，以后永远不想再见到他。

其实还是恨我自己，他在这照顾我，我就总有种冲动，想马上逼他在我和他妻子之间选一个，可理智又告诉我不能这样做，这种想法快把我逼疯了。

他痛苦地看着我说，当初不是你说要分开的吗？

我说：“你不是也没挽留吗？”

他说：“我以为是你身边有了合适的人，不愿意等我了，我怕耽误你。”

他现在当然可以说他也是为了我好，我也不能怪他。我们都选择听从理智，害怕奋不顾身会输得一无所有。

十

他前年去了美国，半年后把妻子儿子也都一起带去了。儿子要在美国上中学，他去之前说，他不会定居在那边，过两年等儿子适应了就回来。

他走以后，我没跟他打招呼就删了他的微信和其他所有的联系方式。反正怎样都是痛苦，何必再让大洋彼岸的人牵动我的喜怒哀乐。他偶尔通过验证消息或者邮件问我过得好不好、身体怎样之类的；说他想起我就心疼，让我懂事一点，照顾好自己，按时吃饭。我看到后也会开心一会儿，随后又会心酸，但还是会翻出来反复看，却从来不会回复，像个精神病人一样，独自对着手机，或笑或哭。

十一

我现在四十出头了，还没有活明白，不知道自己到底想要什么，只知道现在的生活肯定不是我想要的。我觉得自己大概率是抑郁症患者了，但又不想吃药；有时候想健健身，办了张卡，又坚持不下来；有时候想振作一下开始新的生活，又不知道从哪里入手改变；除了他，我也不会再爱上别的人。

我总想把希望寄托在女儿身上，又觉得不妥，因为女儿的一生是她自己的，不应该背负别人的希望。四十岁这个年纪，应该算是女人的一个分水岭，自此以后，变大妈的变大妈，修养好的可能会增添更多成熟优雅知性的气质。

而我呢，身上大病小病越来越多，整天与慢性疼痛为伍，因为胃病瘦得干瘪，照镜子时常觉得自己像将残的花，从未真正开放过，已然行将凋零了。总盼着女儿快点长大，等她成熟独立了，我也就可以不用坚持活着了，身体出什么问题也不治了，顺其自然死掉就好了，也许清明的时候他会给我带一束鲜花。

十二

我当初所处的环境，如果有个明事理的长辈能给我一点指引，也许我那段感情就不会失败。但是他们都在说："你们离这么远不可能结婚，你最好趁年轻赶紧在身边找个条件好的嫁了，你再耽误自己，这辈子都不行了。等到他以后学成了再看不上你，你一生就完了。"

我也是自卑敏感，自怨自艾，在感情上也不成熟。想来那时候还是年轻吧，后来很多事明白了，不再放大自己在感情里的痛苦，更知道设身处地为对方想，可是一切都回不去了。

其实偶尔想起从前，觉得自己还是幸运的，在情窦初开的年纪就被他用心爱过，否则我很可能随随便便就被一点小恩小惠骗走了。

李宗盛写过一首歌叫《当爱已成往事》，张国荣也唱过，歌词我句句都能听懂。

李宗盛说过："希望你们能听懂我的歌，却不用像我经历这般多。"

我也多么希望我的一生可以这样啊。

春秋

西野

春秋

我是个俗人。

我仰慕过天使也喜欢过魔鬼，

我很自豪地说她们都被我占为己有过，

感情与欲望同时存在于我的血肉之中。

有些东西被杂糅，我无法用逻辑将它们梳理并为其排序，我无法遗忘的从来不单单局限于某一个人。或者我此刻在说的是她们，而非她。

与丽相识的时候是在一个夜晚。那是大一开学报到后，军训的前几天。

对我来说，如果高中时代是青涩且令人自卑懊恼的过去时，那么大学或许是欲望膨胀且混账的进行时。

她是一个很普通的女孩子，但那天夜里我眼中的她却格外美丽。如果一见钟情都是因为脸，那么我能肯定搭讪这个行为绝对是鬼使神差。

在后来的岁月里我不否认，那天夜里，酒精确实让我有了不要脸的勇气，但它却也让我对这个世间最美妙的男女关系有了一种朦胧的认知。很快地，我便沉沦于这种朦胧。

似乎丽的一颦一笑对我来说都像是注射进体内的一针肾上腺素，大概这是一个初恋情人所具备的特质。作为一个曾经无比敏感的人，我确实能很好地去抓住这种特质，并在我内心里将它无限放大。

我的心随她起伏，就像躯体无法抗拒重力一样。就这样，她成了我的女朋友。

少年时代，有人偏爱诗歌，有人偏爱酒。

于当时的我而言，内心是更偏爱于酒的。尽管诗歌我可以信手拈来，但我似乎没有对丽吟诵过多少。所以，我是个不及格也不称职的男友，但好在丽是个温柔的女人，她从来都不曾对我表现出一丝的埋怨和难过。

在我人生的前18年，压抑和“得不到”主导了我的整个学业生涯乃至生活。

我就像个弹簧，失去了压力后，会猛地弹开来。那种纸醉金迷夜夜笙歌的生活本就是一种堕落，却能给予我一种真实感——我有无拘无束的生活和一个温柔的女人。

我确确实实能够清晰地捕捉到来自丽的这种近乎本能的温柔。虽然平时她不言不语，只是很安静地待在我身边，但却给了我足够的安全感，以至于我在日后的岁月里逢人就想索取这种安全感。

我被打上了她的烙印，是我亲自动的手。

她是一个有伴侣的人，而我是一个血气方刚的青年。如果我不曾烙上属于她的记号，那么我可以很好地抽离，并且有能力去寻觅下一位伴侣。

遗憾的是我做不到，就当时的我而言，尽管爱情起源于欲望，但不同的欲望会带来结果上的本质不同，毕竟从人数上看，一个是复数，一个是单数。

很显然，我选择了复数的欲望——试图令欲望过渡成爱情。

我得到了一张许可证，不用再刻意保持离她身边两拳的距离，只要我愿意，我能够在任何场合亲吻她的脸庞。恋爱的状态弥漫在我们周围，我似乎并不介意她那一位远在几百公里之外的男友。

“被偏爱的都有恃无恐。”我很好地诠释了这句话。相比日常里和狐朋狗友饮酒作乐，我更倾向于丽的温柔。如果说她是一朵玫瑰，那么我整个人就是一汪雨水，我会不由自主地灌溉她。

在丽眼里，我大概是一个俗人，我的欲望和感情得到了充分的体现。或许，她当时不知道的是，我后来会成为一个文艺到病态的“绅士”。

我开始学习如何去浪漫地爱一个人，可能在丽心里，我始终不够浪漫。

在之后的时间，我疯狂地熬夜。我既没有悲伤可言，也没有故事可说，只是赋予了熬夜一个内涵：学习如何浪漫。

那段时间里，我恶补了一大堆爱情电影，读了几百篇心灵鸡汤，还看了一些至理名言和一些没有爱情经验的人关于“爱情美好之处”的讨论。过度的追求等同于荒谬。

那段时间，随着浪漫而来的还有各种被纳入体内的负面情绪，估计是量变导致了质变，它让我在本该快乐幸福的时候，却用太多的负面情绪去渲染关于我和丽的爱情结局。

丽跟我说：“我发现你不像之前那么富有活力了。”

我的回答极为潦草和敷衍：“可能是。”

我以为我可以一眼看穿爱情和生活，谁知道它竟给了我一个响亮的耳光

秋末冬初的季节，我迎来了丽的生日，准确地说是我能够陪她过的第一个生日。我似乎遗忘了那个曾经真实存在于丽生活中的男人，也亲身证明了人在某些时候会变得过分盲目自大，似乎只要他想要什么他就可以拥有全部。

我被丽安排在生日当天陪她一起，而那个男人，排在我前面。这

让我觉得我属于第二梯队，但我也没有和丽吵闹，至少在她说出这个决定的 24 小时内我特别安静。

但那天我没有归寝，几个兄弟陪着我喝酒，只有我一个人烂醉如泥。我明明是兄弟中酒量最好的人。

我头一次明白了“酒不醉人人自醉”。我无法用文字描述当时环境的安静和我绝望的模样。老董一直递卫生纸，老黑安安静静，只有锐子一边替我擦眼泪，一边安慰我。

但我记得有过一段对话，我从没遗忘。

“如果她是这样，我希望你和她分手。”

“我不知道她为什么会这样对待我，但我就是喜欢她，我希望她将来只属于我，无论怎样。”

似乎丽也能给我足够的安心：

“我和他真的什么都没有做，我脑袋里想的全是你。”

我不知道我是不是该相信她，又或者是该当场反驳她。但当时的我还是选择了相信这句话且相信说这句话的人，毕竟当时的我没的选。

原来，真的喜欢一个人的话，你会足够卑微。

“明白没有？任何难度我都接受。”

爱情令人厌恶的地方是：它有足够的力量去让一个人将坏情绪传染、迁移到别人身上。

生日当天，我又一次喝了太多的酒。那天是一个雨天，已经足够压抑了。我连续吃了两场饭，和老董一人喝了一瓶红酒，喝了几瓶小枝江，还有一件啤酒。或许，丽也能察觉我的不悦，毕竟她当时在一旁安慰我。

晚自习的时候，我很安静地在睡觉，但被查人的学生会打搅到了。我的不悦和愤怒瞬间上涌，学长似乎也能察觉，但我觉得他铁了心要和我过不去。

那年大一新生来学校后的第一场群架是我引起来的，以至于后来，我成了建筑系里一个无人不晓的男生。不过，在那之后，我再也不正眼看那些大二的男生，我觉得他们都是孬种，至少被我收拾得服服帖帖。

令我自豪的是，即使在醉酒状态下，我依旧能够一眼认出丽。

打架一事丽并没有过分地说我，只是陪着我去医院，依旧很安静。

“你是个成年人，以后不要动不动打群架，不要像个孩子一样，让人太担心。”

我觉得这话挺温柔的。她觉得我完全是胡来，这或许就是男人和女人的不同吧。

如果恋爱为结婚，如果拥抱为名分，何苦等半生

我没有同丽商量过该如何去处理这段本就畸形的恋爱，但我更希望的是她同那个男人分手，和我在一起。可以的话，我希望是，立即，

现在，马上。

如果没得到一个名分就不算圆满，那么我就会更加执着于这个名分，毕竟我追求圆满。某种程度上，我得到了我想要的一切。但于另一面来说并不是全部，我还有近乎盲目的虚荣。我确确实实希望，作为另一半的她亲自来满足我这作祟的虚荣心。

“和我在一起好吗？”

“我想打个电话给他。”

我知道，无论怎么说，我都是一个后来者。在丽和那个男人的关系里，我才是正宗的第三者。漆黑的教室里，只有我和她，还有一个从几百公里外打来的电话。我不太清楚那个男人在电话里对丽说了什么，但我记得丽在我旁边轻泣。

丽和我都没有资格去说这是爱情，可我觉得，与其说这是一种背叛，不如说更像是一种对道德边缘的试探。没人知道我和丽的感情究竟是什么样的。

那是我第一次见丽哭泣，我的保护欲瞬间上升。但在十秒后，她向渴望回应的我传达了一种依赖。

她在我耳边说了三个字：“陪着我。”

我想，无论怎样地不齿于人，我都毫不介意，毕竟我足够爱她。

倘若我逾越了欲望的沟壑，你是不是不会对我失望

爱情因为欲望而来，但也要和欲望斗争，似乎恋爱就好像是同自己的欲望在做斗争。但，无疑我是个失败者。

多年前的盲目抉择，终于在不久后来向我讨回代价，“生命里的沟壑”将丽硬生生地从我的人生中夺走。

在不久后的日子里我才明白，丽的安静和温柔似乎只是缘于对我这个人失望透了。如果亡羊补牢为时不晚的话，爱情是否能够以此类推呢?

答案我无从得知。

我是一个比较讨厌雨天的人，但很多时候还是喜欢一个人坐在大坝上淋雨喝酒。记不起这样做过多少次了，我甚至都开始怀疑自己这种思想与行动的偏差是不是一种疾病。但大多数人好像都患有这种疾病，我也不例外。

争吵的时候，我应该更温柔些、体谅些，而不是扭头就走的。

人们说，感情里的争吵是正常的磨合。但我觉得这样为了鸡毛蒜皮的事去争吵，更多的是消耗着两个人的心性，而非磨合。毕竟生而为人，都有一种为自身羞耻找遮羞布的本能。

丽没有说话，反倒是我一直在叽叽歪歪。她的温柔无处不在，安静也是如影随形。其实争吵状态下，我更觉得她的安静和温柔像是在讽刺我。

其实与讽刺都不搭边的，她一直温柔安静，说到底只是我想得太多。

我以为在我扭头走的那十秒里，我可以思考怎么去跟她认错，我完全有机会去做不同于扭头走的事。但我没有，那一刻的机会被我错过了。

我坐在大坝上淋雨喝着酒，没过多久丽来找我，不止一次两次。但我那时怎么会见她呢？我又怎么会向她低头认错呢？还真是奇怪的自尊心，像一个怪物。

小丑是很擅长上蹿下跳的。如果恋爱中敏感的人是小丑，那么我一定是其中跳得最高的那个。

我因为敏感而喜欢上丽，同时也因为敏感而猜忌她。

当时的我说不清自己是迷恋还是喜欢她，但我很清楚，如果说有谁想把她从我身边带走，我一定不允许，我也不会让他有机会去这样做。

那天我和丽坐在奶茶店喝奶茶，在她起身去厕所的那几分钟之内，我将她手机拿起来，以一目十行的速度浏览了她手机里所有内容，并且在丽归来之前将手机放回原位，清理掉后台应用然后锁屏。手法熟练如同惯犯，但我明明第一次这样做。

为了让这段感情日后延续更久的时间，我需要与自己抗争，同时需要扫清一切不稳定的外来因素。如果丽在我心里是满足我欲望的魔鬼，那么我必须将我自己变得足够疯狂才配拥有她。

我觉得我能爱丽一辈子，那样我才显得足够专情，因我穷极所有神经感官只是为了捕捉她，所幸的是我的脱氧核糖核酸载体足够健壮。

丽怀孕了。接到这个电话的时候我正在休息，但我很兴奋也很忐忑，我感觉这像是梦境。我与丽都很清楚，这是我努力、她配合的结果，是生命。

在医院的那个下午，我看到女医生端出来的胚胎，还是不由自主地愣了一下。在那之前，我在厕所哭了半天。不明白是心疼丽还是心疼什么，总觉得自己做错了什么。

老董没说话，只是默默地抽着烟。那一刻，我心里所有的防线全部毫无保留地崩溃掉，空白的大脑只想到了四个字——“为非作歹”。

我被自己的行为和性格上的阴暗点狠狠地刺痛了，或许所有的原因都来源于我，我本人，而非外界。

可能我犯贱犯到被虐成狂，自己虐待自己的那种，还拉着丽一起，不是吗?

故事看到这里，我想大家都明白了。

没有结局，又好像成了定局。

或许，双方都拥有了更好的爱情。

嗯。

爱上一个不可能的人是什么感觉？

前任博物馆

难过而自知

怕你喜欢一个和我不同的人，那我多难过。
怕你喜欢上一个和我一样的人，那为什么不是我？

Fly

总有一种还有可能的错觉。

汧沚

遇见你，得到你，错过你，失去你，
没有结局也是一种结局。
痛与喜悦，我都甘之如饴。

书生

你用尽全力追上她的脚步，也只能说，祝你幸福。

白衣倾故里

关心她的一切，却从不敢参与。

余生

可能就是，他失恋了，你陪他哭；
他恋爱了，你自己哭，却要陪他笑。

奴

不管自己多优秀，第一眼看见他，就觉得自己无论如何也是配不上的。

Hell

进而不得，退而不舍。

再见，我的阿司匹林先生

孜然

再见，我的阿司匹林先生

故事的开端，是夜晚的酒。

2016 年 11 月 11 日。

老季发微信说：“阿野生日，过来一起吧，定位等下发给你，可以的话途中带个小蛋糕吧。”

我说：“好。”

叫上大家的共同好友“酸奶”，打车到了定位的地方，已经是晚上 11 点半了。地点是一家清吧，灯光昏暗，人少，除了老板，就只有老季、阿野和松子那一桌。我和酸奶在门口纠结了好久也不敢进去，毕竟都是没有去过清吧的人。老季出来接了我们。

“生日快乐，阿野。”

一张长桌，酸奶坐在阿野旁边，我则被安排坐在老季和松子中间。

还记得那天我和酸奶喝了据说酒精度数很低的“彩虹”。不习惯喝酒、不会玩大话骰的我们，靠比骰子点数大小喝完了那杯鸡尾酒。而三个男生喝的，是酒精度数有点高的 tomorrow（一款烈性鸡尾酒）。差不多凌晨两点，老板提醒说要打烊了。那个时间点想要回学校是不可能的了，带着一身酒味回去更是会惹麻烦，所以我们干脆就在附近开房间。

也不知道是前台故意还是真的就这么巧，只剩下一间双床房。折腾到差不多 4 点，帮三个喝醉的男生盖好被子，我们两个最终决定，酸奶睡沙发上，我打地铺。酸奶睡下后，我看到阿野和松子两个睡得很安稳，而自己一个人睡一张床的老季却踢开了自己的被子。

我帮老季盖了被子，他叫我上来睡。我说我睡下面就行，打地铺。接着老季往里让出了半边床，伸手拉我。实在是太困，而且床比地板舒服，所以我还是爬上床了。那时候心里顾及自己单身，都没和超过 5 岁的男孩睡过同一张床，所以还是选择睡在床边。我整个人困得迷迷糊糊的，一心只想睡觉，一转身，老季的手伸了过来抱住了我，把我往床中间拉，为没有盖被子的我盖上被子，然后抱着我睡。哦，好像还有一个吻。

第一次去清吧，第一次在外过夜，第一次和男生睡在同一张床上，还有和老季的第一个吻。

其实，才和老季认识了差不多半年而已。

2016 年 6 月，同在一个学校组织的老季和我因为一场活动认识，加了微信。刚开始，微信内容仅仅是围绕工作。习惯删聊天记录的我不时会删掉微信中的对话，包括和老季的。忘了是因为什么，从 2016 年的 9 月份开始就没有删过聊天记录，现在翻回来看，和老季的聊天记录是从那个时候开始的。

工作交接多了，话题也不仅局限于工作，有时候会东扯西扯。后来，不止一个朋友跟我说，我们的性格很像，也不知道是因为原本就像，还是越相处越相似。那段时间，和老季两个人去看过电影，一起去玩两人都没玩过的卡丁车，一起去没去过的餐厅吃饭。好像对朋友身份的我们而言，这些行为都过于亲密了。

再后来，大家经常会约在一起吃夜宵，在学校附近的一个夜宵档，也认识了老板娘拥姐。拥姐是个一身江湖气的女人，后来我和酸奶说，拥姐就是一个孤独的人。我们总是四个人一起去夜宵档，久而久之，拥姐以为我们是两对情侣，刚开始我们还反驳一下，后来就笑笑随她去了。

那段时间四个人总在一起，但没有相互说过关于感情的话题。在外人看来，甚至是我们自己看来，都以为是阿野和酸奶，我和老季，心照不宣的。其实回想起来，也就大半个月的事情而已。再往后，就是 11 月 29 日凌晨，老季说爱我的那天。

2016 年的 11 月 26 日，天气很糟，狂风暴雨，却是老季所在的学院原定拍摄毕业照的日子，只能临时通知改期。那天之前我就跟老季说，会在他毕业照当天送他一束花。老季说一束花太少了，要多加一封信，我说可以。我订了一束百合，让阿野拿给老季。

我跟阿野说："当着那么多人面我一个女生送他花，好奇怪的感觉，还是你去送吧。"

当晚，老季微信问我信呢，我说有机会再给他。

28日，学校组织需要开工作会议，在家的我打算迟点再回校，所以在工作群里请假。老季私信我说去车站接我，肯定赶得及参加会议的，我说不要。那个时候，我已经开始考虑自己对老季到底是怎么样的一种感情。

晚上回到学校后，和酸奶在学校的餐厅里聊天，远远地见到老季和阿野。回到宿舍就收到老季的微信，问到了没。我问他刚刚是不是在餐厅，老季说是，我说那我没看错，还以为是幻觉。老季回了我一句"太想念才会有幻觉"。老季的一句话，让我意识到，自己已经喜欢上他了。

一直聊着微信，直到凌晨，老季说自己醉了，给我发了在KTV聚会的小视频。扯了很多废话后，老季问我："你不在乎我？""你爱我吗？"我没回答，只是问他是不是真醉了，还知不知道自己在和谁说话。老季说：你是孜然啊，快回答我啊，我要知道。我说爱。老季一直发"哈哈哈哈哈"，说：我也爱你。老季就是这么一个要面子的人，非得先知道别人对他的感觉，才肯说自己的想法。

几天后，我们两个学院同一天拍摄毕业证证件照，拍摄很快结束，老季说不如去看电影吧，我说那我回宿舍先换下正装吧，老季不让，说这样就行，两个穿着正装的“伪成功人士”就去看电影了。我们去的是家庭影院，看的电影一部是我选的《他是龙》，一部是老季选的《恶人报喜》。遇见老季是19岁未满20岁那年，是2016年12月的故事，挺开心挺难忘的。

我和老季的生日都是在12月，当时跟老季说，这么多年都没过生日，想要在20岁那年贪心点，农历、公历生日都过。先过的农历，那晚老季说没空，只有酸奶陪我去拥姐那吃了个夜宵当庆祝。夜宵过半，老季却和阿野一起出现了，是他们串通好的。老季拿了蛋糕和一份礼物，说太忙没买到其他蛋糕，只买到切片的抹茶蛋糕，将就一下。我的眼泪一下子就出来了，不受控制地哭了，老季一下子慌了，看着我哭说不出一句话来。大概我是真的太容易满足，这点小惊喜被我记到现在。

12月底和老季第一次争吵，老季在学校的组织里是我的上司，因为我没有出席工作会议，老季在微信上用不太好的语气对我说，不管工作就干脆把工作全给别人做了吧。还好，第二天就没事了。

老季第一次吃醋，是听说有个男生貌似喜欢我，然后在晚上聊天的时候就变得阴阳怪气的。我问老季是不是吃醋，老季说“我怎么敢吃醋啊”。我跟老季说我很开心，因为他为了我而吃醋。

没有跨年习惯的我们，2017年1月2日，一起去看了场电影，《摆渡人》。1 月初，因为学校的活动，老季和我待了一整天的机场，也是第一次因为工作和老季在一起。还记得那天刚好是在生理期，大概是见我脸色不太对，老季默默地把我的工作分担了过去。关于生理期的事情，他记得比我还清楚。老季说我经常喝冷饮会导致痛经，我乖乖认错，说以后都听他的。

老季是在那个寒假开始创业的。过年的时候，我和老季相距差不多 200 公里。自从遇见了老季，就觉得自己从以前那种酷酷的性格变得软软的，还会矫情撒娇。给老季发了一段英语的表白，至今还留在朋友圈里没删。

回想起来，那时候给老季做的最浪漫的事，大概就是每天录一个故事的语音然后晚上发给他，让他当睡前故事来听。从外婆家回家当天，因为老季连续两天说了想我，我放下行李就立刻去找他了，途经一家花店的时候，买了一朵红玫瑰。

那个时候，在一起三个月。

时间过得很快，抽空回了家一趟，见了一些很久没见的朋友。我告诉老季自己被“撩”了觉得很委屈，老季笑我说，你回他一句老子已经有主了，哇，那多霸气。而后，老季说，别穿裙子出去啊，穿裙子就有人撩你的。

爸妈第一次见老季，是在 2017 年 5 月份我拍摄毕业照的时候。拍照那天特别晒，而老季刚好没空，要代表工作室去谈生意，中午跟我的家人朋友们一起吃完饭，就匆忙离开了。老季在 5 月份结束实习工作，然后专心打理工作室的事情。那时候，他觉得不开心也很迷茫，然而我却做不了什么，我跟老季说，也许帮不了你什么，但我在呢。

6 月份，他问我要不要加入工作室。我把这件事跟家里人说了一下，家里人提醒说，从朋友变成同事会涉及很多问题，要是在职场上闹翻了会连朋友都没的做。想了很久，大概是当时一心想和老季一起工作，所以答应了。

7 月，我正式成为了工作室的一名员工，老季正式毕业了，更加一心一意地处理工作室的事。有天老季送我回出租屋的时候，在车上给了我一个小米音箱，之前有次一起逛街，我随口说过想买但貌似已经断货了。那个时候觉得，老季是会对我说过的话上心的一个人啊。

8 月，老季第一次来我的城市。月末七夕的时候，我送了老季一件衣服，第一次见他穿上的时候心里开心到不行。老季则送了我一盒费列罗巧克力，我之前一直没跟他说我不喜欢巧克力，后来，老季再也没有送过巧克力。

其实，工作室的工作不太适合我，想清楚后，我辞职了。工作室没过多久也散伙了，而老季自己也换了一份工作。那段时间，我换了几份工作，跟老季说工作的事，他没反应。家里又传来消息说家人住院了，各种事情挤在一起，我压抑得快要崩溃，最终我决定搬回家里。在高速路上，我给老季发微信，说我搬走了。老季回我的却是：“好好调整你的状态吧，不过也要好好想一下该怎么做。”

我特别讨厌冷战，其实两个人就应该有什么问题都摊开说，而不是靠对方猜、闹冷战。国庆假期，和老季一句话都没说过。

在重新说话的 6 号，老季说：“算了吧。”

我挽留。

老季还是那句话：“算了吧。”

我要面子，即使我真的很爱他。于是我在断了网后再发微信给他，直到显示发不出去再重新联网，想给他打电话的时候就开了飞行模式再打，这样就打不出去了。

我在心里安慰自己，这样做就可以不用打扰他了。

国庆过后，我在家那边找了工作，一直用工作来分散自己的注意力。每晚都哭，第二天早上还照常去上班，和同事们有说有笑。10 月中旬某一天晚上，刷朋友圈的时候刷到之前认识的一个女生，发了两张老季的个人照，配文是“给大家介绍一下，这个是我男朋友”。我的心态瞬间就崩了，忽然被人迎头打了一棒的感觉。我立刻截图问老季到底是怎么回事，是不是真的？即使你要我死，我也要死个明白，我也要知道到底是不是因为这个女生。老季没有回答，只说第二天要出差，打算睡了，第二天再说吧。

第二天没等到老季自己主动和我说，我就找了那个女生。她不知道我和老季之前是情侣关系，于是我装作很惊讶样子问她什么时候开始的，女生也毫无戒心地和我说在一起没几天，但昨晚不知道怎么了忽然说了分手。我在女生那得到了我想要的信息，后来和老季聊的时候，我深深觉得，人性本恶，原来是真的。

老季让我删了他，我没理。一方面是还不舍得；另一方面是我要让他看到，我做什么都与他无关，没有他我一样很开心。

分手后，简直就是浑浑噩噩的，一直埋头工作。等到我逐渐习惯没有了老季的生活时，他又忽然出现。从试探性地谈话开始，一点点、慢慢地和好。我跟自己说，不管是什么原因分开，过去的都让它过去，现在的和好，是给大家一个机会。

12 月的生日，我们凑在一起过，大家都没有过正日。老季表示不满，说我没有给他准备惊喜，只有他准备了惊喜给我。那个时候只是觉得，刚和好就准备惊喜，会显得自己太过于在乎。那个生日，老季买了个蛋糕让我带回单位和同事们分了。还有一些事情现在也回忆不起来了，记得的、写出来的，都是印象深刻的。

3 月末，和老季去了一趟澳门。那天约好了各自从家里出发，搭动车去珠海，结果那天是我人生第一次错过火车。当得知已经停止检票的时候，脑海一片空白，眼泪一下就要出来了。慌慌张张地打电话给老季，老季很耐心地让我看最近的一趟动车，然后改签或者重新买票，买好了就告诉他，他也改签。那晚回到家后，我在想，如果是和其他朋友或者自己一个人出行遇上这种情况，大概我会崩溃着去解决，而不是像早上那样颤抖着问老季怎么办。

老季啊，大概是成了我的依赖。

4 月，可能是天气转变的原因，我一直反复地生病，但也开始着手准备毕业论文了，和老季的相处逐渐回归平淡。那时候就在想，其实老季从一开始就没有坚定地认为我是那个确定的人，这样坚持下去对大家到底好不好？

5 月正式分手。分手的原因很简单，老季说给不了我想要的。我离开，他不会留我，但如果我需要，他还在。都说分手了不能再做朋友，大概我和老季退回到当初朋友那种相处模式了，但我知道，退着退着，会退成最熟悉的陌生人的。

分手是在微信上说的，分手后我们见了一次面，一起吃了一顿饭。上菜前，我在喝水的时候呛到自己，喷了坐在对面的老季一脸。老季笑了，说长这么大都没被人喷过。我也笑了，说长这么大就没喷过人。饭后，老季送我回家，我问他知道地方吗，他说出了我家地址，原来这些记忆都印在脑海了。

和酸奶说了我和老季散了的事，酸奶说，不管怎么样，照顾好自己，别折腾自己，身体是自己的。我问酸奶，相不相信世界上，两个人的运气加起来是百分百,一个人好运一点，另一个就没那么好运。我觉得，我和老季就是这样的两个人。

我曾跟老季说，他是我的阿司匹林，只要有他在，我就会好。也曾和老季说，只要他需要我，我就会在他身边支持他、陪他。我说过会相信他，无论任何事。曾说见字如晤，声息可辨，想你依旧，爱你如初。

可是最终，我们还是散了。因为见过老季爱我的样子，所以清楚现在是不爱了，既然如此，不如放手。有时候先走的人不一定就是不爱了，更有可能是因为爱得更深，不想对方为难而已。

我还是像 19 岁未满 20 岁那年一样爱着老季，我希望他能幸福快乐，如果幸福快乐太难，就祝他平安。

老季：

我希望你永远不会用到“前任博物馆”这个App，我希望你永远也看不到我这些天写下的我们的故事。我爱你，直到此时此刻都爱着你，但我知道我终究留不住你。不管我们分开到底是因为什么，不管过去经历了多糟糕的事情，都希望你以后快乐。如果快乐太难，就祝你平安。谢谢你，老季。

你让我被疼爱了一段时间，让我学会了更多东西，让我看懂了人性，让我更懂爱惜自己。分开了的我们，没有互删任何联系方式，但大概也不会有更多的接触了。我不会恨你，我知道你也不会恨我，只是时间会让我慢慢地不再在意你。对你的喜欢就像七八岁时的美少女英雄梦，不可一世又不堪一击。

再见了，我的阿司匹林先生老季，我的万灵药先生老季，互不打扰，各自安好吧。

很高兴认识你，很高兴遇见你，很高兴被你爱过。

2013年10月18日—2014年11月1日

威廉叶芝

2013年10月18日—2014年11月1日

一

2012 年冬天我上高二，成绩稀烂，去了学校里的老师开的一个补习班上课。在那儿我第一次见到嘉欣。

并没有一见钟情，我见她的第一面什么感觉也没有。她深棕色的头发，有个大刘海，用来遮住满脑门的痘痘。至于穿的什么，现在完全不记得了。

那时候和我在一起的是丹凤——名字有点土，和一个活跃在 20 世纪 50 年代的女星重名。她留个大波波头，撒起娇来杀伤力很大。我们是初中谈的，中考后我在本市上学，她户籍不在这，不能留在本市，也没考上省会的高中，就去了安徽。她学校还上交手机，只能一周一个电话，当时我还挺满足。

高二分文理班，本来文科是强项的我，信了班主任和家长的“邪”，觉得文科没前途，强行报了理科。高二年级共12个班，把三个班拆了做文科班，把这三个班里学理的分到别的班去。巧的是，我和嘉欣的班级都被拆了，然后又被分到同一个班去，就这样成了同班同学。

一个班级有70个人，大约有60个原来就在本班的，剩下的是从那三个班分过来的。人是群居动物。那60个人在同一个教室里学习了一年半了，没道理对新来的同学有很大热情。于是我们这些“插班生”便自己抱团，努力融入这个班。

磊磊和嘉欣高一就是同班同学，两个人一起被分过来的。班主任让我和磊磊同桌，坐在最后一排。班里每周一要换座位。教室中间有四列座位，左右两边各两列，意味着从旁边换到中间来，坐里面的人就会有两个同桌了。于是新的一周，我右边的同桌还是磊磊，左边多了一个嘉欣。

在这之前，就算是在补习班，我也几乎没跟嘉欣说过话。我和磊磊成了朋友。他比我开朗一点，三观跟我差不多，学习同样糟糕。我坐在嘉欣和磊磊中间，有时候听他们上课聊天，慢慢知道了他们分班前的一些事情，有时也会犀利地评论几句。

寒假我只和丹凤见了一面。那天下着雪，我们去了咖啡厅，一人点了一杯奶茶，在里面坐了三个小时。喝完之后她说她不饿，而我也很傻，于是就接着坐在里面。服务员隔一会过来问，您好，请问您点餐了吗？我说，我们不需要了。之后送她回家，上车前，我跟她说，照顾好自己，我们暑假再见。她说，抱一下。

直到和嘉欣在一起很久很久之后，我才意识到我和丹凤两个人当时的窘境：桌子上就两杯奶茶，两个人坐了三个小时，就在那里说话，合着把咖啡馆当高级取暖公园了。

二

2013 年 3 月，高二最后一个学期。嘉欣学习还可以，每次都能排在班级前 30。我仍然学习很烂，和磊磊上课除了听课，别的什么都干。

十六七岁的年纪，是女孩最美的时候。这时候的她们，心理和生理都比同岁的男孩成熟。嘉欣她妈领她看了医生，她吃了一段时间的药，把额头上的痘痘搞没了。她已经不需要用长长的刘海遮住额头了，于是她剪短了刘海，用一个夹子把刘海直直地翻过去，露出一个大脑门儿。她的头发天生不是黑的，深棕色的头发很配她。她喜欢穿衬衣或者 T 恤，外面套一个拉链衫。她还喜欢穿牛仔裤。她一米六八，没胸，没屁股，腿挺长，走路有一点点内八。而我恰好不喜欢丰满的女生，并喜欢有一点点内八的女生。

嘉欣是个开朗的女孩。和她做了一学期的同班同学，还有大半年的补习班同学，我没见她愁眉苦脸过。她爱说话，爱吃糖，爱看韩剧，爱笑。她笑起来，真的、真的、真的很好看。慢慢地，我开始产生一些想法。这些想法很隐秘、很细微、很荒诞，但却是从我内心最深处产生的。

我开始期盼着每个双周的周一，因为那是我从边上换座位到中间的时候。我开始注意自己的穿着打扮，从比较基本的发型、搭配开始。我想跟她聊天，想跟她找各种共同话题，想逗她开心。我希望她上课可以多跟我说话，少跟磊磊聊天。嘉欣和磊磊闹别扭吵架的时候，我心里甚至有点小高兴。

这是典型的幼稚想法。这是一种奇妙的感觉。这是一个危险的信号。我是不是有点喜欢她了？就像是一颗埋在泥土里的种子，它迟早会长成大树，但你无法阻止它。

在学校的日子，即使是不学习的学生，也感到枯燥和乏味。或者说，只有不学习的学生，才会觉得学校的生活枯燥而且乏味。我和磊磊的关系越来越好，他也拉近了我和嘉欣之间的距离。她开始慢慢知道一些我的爱好，知道我在安徽有个女朋友，平时也会给我讲讲题，来学校前也会让我帮她带糖。高二就这样过去了。高中的时光慢慢流逝，而那颗小小的种子开始生根发芽。

为了提前进入高三，2013 年的暑假只有一个月。我不记得我有没有跟嘉欣经常聊天了，只记得在收假前三天，我和丹凤连见了三次面。第一天下午我在她家楼下等了很久，和她散步，走了很远，至于说了些什么，我不记得了。第二天我带她去吃烧烤，我跟她说，我的手机解锁图案和她的名字有关。我用铁签蘸着油，在盘子上画出一个F。后来我吃不下了，让她吃掉最后一串鸡翅。她说，胡图图，你知不知道最后一口的食物是最珍贵的，吃了会让人变好。第三天我还是带她去散步。傍晚我送她到家门口。想到分别，想到高考，想到以后她可能仍然不能留在这里，我脑子里很乱，没听清她说了些什么，只是狠狠抱了她。

我和丹凤从初一那句“你做我男朋友吧”开始，到高二的最后一天，只拥抱过两次。放假前的最后一天是我最后一次见她。那天晚上，我在宿舍蒙着被子偷偷哭。

三

第二天开学，我意识到自己已经是一名高三的学生了，暗暗下了决心：从今天起，真的要好好学习了，认真听讲，不抄作业，一定要把成绩提上去。OK，完美的目标，先玩会手机再说。陕西的夏天很热，班里死气沉沉。我没有上课睡觉的习惯，还是玩手机、看NBA，只有遇到自己喜欢的课，才会打起精神听讲。

嘉欣上课除了听讲，有时候还会吃糖、看电视剧。她说她的手机屏幕太小，就让我每天晚上给她下电视剧，她第二天来学校看。她喜欢看韩剧和美剧，让我给她下《城市猎人》和《破产姐妹》。和嘉欣分手以后我还一直在追《破产姐妹》，从第四季追到第六季。三季的时间，Max 换了两任男朋友了，Caroline 在第六季也谈了恋爱，而我到今天单身两年半了。

嘉欣说她歌荒了，让我推荐几首歌给她。我那时候爱听 R&B，喜欢 Akon。她听了几首，说不喜欢，嫌太吵，她说她喜欢西城这样的，我说西城就爱翻唱，*Nothing's Gonna Change My Love For You* 翻唱自乔治·班森。她假装生气，同样对我推荐的那些歌嗤之以鼻。

那天晚上，我把西城的歌听了个遍。第二天我拿她的手机来玩，发现里面多出来好几首 Akon 的歌。

天越来越热。不同于南方的湿热，陕西的夏天就是太阳直接照在脸上。我本来就黑，是属于那种晒黑了以后一冬天也捂不回来的类型，有时候连短袖也不敢穿。那时候嘉欣最喜欢的搭配应该是白色短袖，套一个灰色有小熊图案的拉链衫，下身就是牛仔裤和一双红色的天美意皮鞋。在热裤和纱衣扎堆的校园里，我却觉得她格外好看。

有天下午，我不经意的一瞥，就从嘉欣的胳膊和短袖袖口间的空隙看了进去。我看见黑白相间的、斑马皮肤一样的条纹和细细的白色带子。于是我就一直盯着那匹“斑马”，直到大丁说我是淫棍。

四

9 月 30 日是磊磊的生日，他叫了同学和他一起过生日。我们八九个人决定给他买个蛋糕。蛋糕店离嘉欣家最近，所以生日那天，她负责拿蛋糕过来。29 号晚上，嘉欣给我发消息，让我明天先去找她，取完蛋糕后我和她一块过去。

万能的主啊，给我一个拒绝的理由。

第二天早上我到了蛋糕店，嘉欣穿着一件红色衬衫，下身还是牛仔裤和那双红色皮鞋。她说渴，我就去马路对面买了苏打水给她。吃饭的时候，包间里电视机在放新闻，电视里一个女人在哭。有个女生问，这女人为什么要哭。我开玩笑说，可能是因为男朋友被人打了。然后大丁抬起手，给我后脑勺来了一下，然后他看着嘉欣。他知道我和嘉欣也许互相有意思，所以经常搞这种玩笑式的撮合，但是我现在只记得这一个情景了。嘉欣害羞不说话了，我也装傻，闷头吃饭。快吃完的时候，嘉欣朝我走过来，让我陪她去上厕所。我脑子一抽，就问她，你上厕所叫我去干吗？装大发了，大丁气得要起来揍我。

吃完饭还早，大家都不想回家，就集体跑去上网。嘉欣在看《破产姐妹》，我和大丁打 DotA。喝过酒的我俩意识模糊，“菜得抠脚”，轻松两连败。从网吧出来后，他们接连离开，自然而然地就剩下了我和嘉欣。

她要去找闺密，我陪她去车站。我是路痴，走地下通道的时候迷路了。她走在前面，伸手向后拉住了我的衣袖。这是我和嘉欣第一次亲密的接触，这动作使我恍惚。

那一瞬间，我感到我们两个好像真的成了情侣，是茫茫人海中的一对。我感觉我的身体僵住了，我脑中喜欢丹凤的细胞在快速衰减，而喜欢嘉欣的细胞开始分裂。我突然意识到嘉欣给了我更多的东西，是丹凤不能给我的。在这之前我很满足于丹凤给予我的这些，一周一次的电话，一年三四次的见面，但是现在的我，就像是井底的青蛙，有一天突然知道，原来天空是如此宽广。

五

第二天清晨，我醒来，给嘉欣空间留了个言，“You are a trouble maker.”从这以后的十多天，我和嘉欣每天可以聊六七个小时的QQ。我们给对方讲以前的故事，分享现在的生活，让对方了解自己的态度和想法。那些天，她总不经意间说我是榆木脑袋，反应迟钝。

其实我知道的，她喜欢我。

有一次她和我聊到别人在我心中的地位。

我说：“有很多人对我很重要啊，我爷，我爸妈，大丁和磊磊，还有你。”

她说：“在你心中我肯定是最重要的。”

我说："暂时来看是这样的。"

她问我："就只是暂时是吗？"

我说："现在是，以后也会是的。"

说完我就没敢继续聊下去，借口去洗澡，让自己冷静一下。

后来我看到她发了条说说："我最重要了。"

和嘉欣的关系越来越近。她会让我早上叫她起床，下补习班后跟她一起回家，她把作业借我抄，而我会给她买糖吃。她闺密的男朋友过生日，闺蜜想折 999 颗星星给男友，嘉欣教我怎样折之后，我折了十几颗。后来去她家的时候发现这十几颗星星并没有送给她的闺密，嘉欣把这些星星当作我折给她的礼物。

我已经很久没跟丹凤联系过了，久到向来被动的她都主动来找我。有次我在和嘉欣聊天，丹凤发信息过来，跟我说她最近在学校里碰到的好玩的事。我回她，在和朋友吃饭。等了很久，她发来一句话，好好 enjoy。我意识到我已经精神出轨，我现在脑子里想的不再是丹凤而是嘉欣，我有点手足无措，不知道我现在该悬崖勒马，还是遵从自己的心。

六

10 月的陕西，仍然不冷。有天晚上我和嘉欣聊天，聊到后面，我夸了她一句，我说你真好。嘉欣发来几个字：“你选她还是选我？”这是受不了我一直装傻充愣，来真的了。我蒙了，一时半会不知道该如何回复她，只能说让我考虑考虑。

说实话，这对我来说并不是一个十分困难的选择题。我现在要想的是，该怎样和丹凤摊牌。

毫无疑问，丹凤是个好女孩儿。她纯洁，善良，善解人意。她父母在她很小的时候就离婚了，她妈常年工作在外，把她放在姨妈家生活。她的童年是不美好的，单亲家庭和寄人篱下使她变得脆弱、消极。其实我知道她什么也给不了我，在这段感情里我们甚至不算是在一起过，从初中的懵懂、胆小到交往后上学放学都不敢一起走，到高中两人之间 1000 多公里的距离，说真的，我仍然不知道什么是真正意义上的“谈恋爱”。她的户籍在西藏，高考后我们之间的距离只会越来越远。她很好，但我们没可能。

不记得谁说过了，当你需要在两个人之间选择一个的时候，选第二个，因为如果你很爱第一个的话，就根本不用做出选择。我明白，和丹凤分手，代表着我将抛弃以前的一切，从人到事，也抛弃我心中骄傲的思想，成为别人口中的反面教材，被别人贴上“渣男”的标签，丹凤越可怜，我就越可恶。

再后来我从别人口中知道丹凤高考后去北京上大学了，一本的医药专业。想想自己之前还可怜她，可怜什么呢，她将来工作比我不知道好多少。没想到最后最可怜的是我，哈哈。

七

后来嘉欣去省会上大学了，我还在家里复读。她总跟我说，大学舍友的男朋友送给她们什么什么东西，明信片、手机壳、衣服、零食、毛绒公仔……我装作没听见，一个原因是我没时间，另一个原因，是我觉得她不稀罕这些东西的。后来断断续续我们吵了几次架。有天她发了条说说，写着，珍惜给你买一大箱零食的人。底下有个人评论，让你男朋友买啊。她回复的是两个微笑的表情。

我觉得很难受。

我不是没钱买这一箱零食，我只是突然觉得她好像被什么东西迷住了眼睛，只看见了这些实在的、可以摆在她面前的东西，只能感受具象化的爱。她变得和那些俗不可耐的舍友一样，好像很羡慕别人手中的抱枕、贺卡和说说里被 @ 的时候的感觉，她好像从没看见过我对她的爱。

也许你会说，爱她就要表现出来给她看，那我也会回答你，我就是一个不擅长表现的人，你可以理解为她不了解我。我觉得很悲凉，那两个微笑的表情在向她的所有朋友宣示：我男朋友根本就不爱我，就这一箱零食也不给我买。

我们在一起就只有 388 天，陪她过的唯一一次生日，我给她的生日礼物，我记得很清楚，是她蛮喜欢的阿迪达斯马年限量版的高帮板鞋。我跑了三家商场，没有她的尺码，最后托了朋友，在一家商场里买到最后一双 37 码。那双鞋，我记得大概 699 元吧。2013 年，我只是一个高二学生，一个每年压岁钱都被爸妈代为保存的高中生，花了 700 元给她买了双鞋。虽然不是说礼物贵，心意就重，但是我觉得，这双鞋再烂再烂，也比写在纸上的“老婆我爱你，么么哒”好一万倍吧。

直到分手，我也没给她买过一箱零食。装了这么多次，我想说，如果能够重来一次，那一大箱子——装满了膨化食品、含反式脂肪和代可可脂的巧克力，还有令人作呕的辣条和添加色素的五彩缤纷的糖果——的零食，我会毫不犹豫地买一箱给她，两箱也行，十箱也没问题。

八

前任博物馆 App 更新了。我点开自己的私密档案，看到分手已经 930 天的字眼。熄灯了，手机屏幕刺得我眼睛疼。

930 天，930 天，930 天。

这 930 天里，我见过曾经信誓旦旦一直在一起的情侣，最后成了陌生人；我见过为了维系自己的感情，连夜买火车票去找女朋友的男生；我见过两个人在一起交流如何甩掉女朋友的心得；我见过一年换了 4 个男朋友的女生，也见过丑男搂着一个美女；我见过只谈过两个月恋爱的男生去参加情书大赛，还拿了三等奖；我见过小人得志，见过目中无人，见过口是心非，见过拉帮结派，见过撕破脸皮。这些故事多到我可以写一本厚厚的书。

930 天，我没见过你。

也许有的人适合生活在记忆里。活在记忆里的人，你不能把她拉出来，你自己也进不去。她活在记忆里是最好的结果，那里的她不会老去，不会穿着职业装和高跟鞋，不会带着家长里短柴米油盐的气息。她永远年轻，永远美丽，永远穿着灰色外套牛仔裤红皮鞋，或是米色大衣黑靴子，就在那里等你。

第一眼就心动

第一眼就心动

The first glance heartbeat

这句话的翻译是“第一眼就心动”；

但我更愿意称呼它为“一见钟情”。

我是他的一见钟情；

他是我的日久生情。

昨天晚上，我又用小号访问了你的空间，更新日期还停留在两天前。说来也好笑，如今得知你的动态都得如此偷偷摸摸。

以前我们一天可以见到好多次，想不见面都难，让我感慨这个城市真小。后来即使教室就隔了个过道，我们一个月也未必见面一次。再后来，一年见一次都成了奢侈，又觉得其实这个城市还挺大的。

在这称呼他为X先生吧，跟他初识是一场年幼时的笑话。

那时刚好期中考试，我们学校安排了诚信考场，我所在的考场由他负责。我坐在最后一个位子，每次他发卷子都忘记数我的，我不得不在后面大声喊："你又忘记数我的卷子了！"

当时不知道X先生跟我同一考场，交完卷后，我还特"中二"地跟同学说："我不用试卷也能作答！"谁料X先生坐在窗边听得一清二楚，当时就听见他轻笑了一声。

他说那一次对我印象深刻，我对他不怎么友好。他的班级在四楼，我的班级在三楼，在楼道碰到他抱着一叠书从楼上下来，我瞥了他一眼，觉得这个男生很危险。

其实X先生并不是五大三粗、一脸黑道大哥的样子，X先生挺瘦的，头发有点卷，鼻子很挺，眼睛也很好看，下颌的弧线最好看，超性感。

那是我对他的第一印象——"危险"。而后便是考完试，有个成绩很好的同学当时考砸了，坐在走廊边偷偷抹眼泪，旁边站着他。

我当时还是个一腔热血的中二青年，爱看金庸小说，崇尚侠女风范。当时我想，哟嗬，居然欺负我同学？还给人家欺负哭了！这男生真没品。

接着，我就说出了我平生第二句"中二"的话："你敢动她，你就完蛋了！"

我们就这样正式认识了，我对他一点也不友好。

我觉得最大的遗憾是连分手都不能当面说清，或许一个拥抱就能解决的事情，最后却是没有任何解释的形同陌路。当你成熟的时候不一定得到什么，但一定会失去什么。最最煎熬的日子总会过去。

有一年运动会，我 1500 米长跑没有跑好，跑完我哭得稀里哗啦。而他 1500 米、3000 米均完胜，3000 米硬是超了最后一名足足四圈。

午休的时候，我慢吞吞地走上楼，刚好看见他从楼上走下来，脖子上还挂着两枚耀眼的奖牌。他走到我跟前，把脖子上的奖牌取下，挂到了我脖子上，弯着腰摸摸我的头说：“傻瓜，我最高荣耀是你呀。”

X 先生人缘很好，认识的人很多，大部分看见我都会叫嫂子。我承认这极有排场，排场大到让我不敢出教室。X 先生不仅人缘很好，而且特别抢手，经常有学妹在表白墙上向他表白，也有同学绕远路只为看他一眼。

之前有个女生在墙上留言问他 QQ 号，我当时想都没想就在评论区留了他的 QQ 号，心想着“赠人玫瑰，手有余香”，然后我就跑去洗澡了。回来看到很多评论，先是 X 先生回复我很多个问号，然后底下是一连串的评论：“嫂子这是在考验 X 啊”“嫂子好”“惊现正主”……

当时看到其实很开心，不仅是被认可，更多的是占有欲被满足的感觉吧。

X 先生很宠我：会早起在车站等我，会给我买早饭，会往我抽屉里塞酸奶，会教我数学题，放学会送我回家，体育课结束会给我递纸巾，会给我整理笔记。

因为我没有吃早饭的习惯，所以他天天五点钟爬起来。因为我数学不好，他训练的时候会一边训练一边做数学题，趴在篮球架那里认认真真做完然后教我。放学因为要送我回家所以会逃训练，送我到车站再回来跟他们打篮球。

那个时候他最宠我，就好比如果我是褒姒，他也会毫不犹豫戏诸侯而博我一笑。我当时就是有那个自信，应了那句歌词“被偏爱的都有恃无恐”。

但是我没有褒姒的美艳动人，当然他也没有周幽王那样不顾一切的取悦之心。

跟 X 在一起时我们分过一次手，是我提的，因为我不确定我是否喜欢他，不想以为了谈恋爱而谈恋爱的理由束缚他，所以我迟疑了，胆小、懦弱、偏执且固执，这就是我。

X 先生当时也没问为什么，就说好，然后就分手了。

分手之后在做早操时我会忍不住望向他班级所在的位置，上楼梯的时候故意和同学走靠近他班级一侧的楼梯，故意和同学笑得很开心，上课走神总会想到他。

那段时间我觉得我疯了，但是我依然觉得这不是喜欢，只是在意。

直到有一天早上，我跟同学在操场跑步（运动会报了1500米跑，早起到学校训练），然后看到了他。其实我不意外，我知道他每天早上都会在，因为他也报了1500米，还有3000米。

我同学W早起是为了她的Z先生，我早起是为了“训练”（X先生），鬼知道我中了什么降头术，天天早起去操场就为了看他五分钟。很奇怪的是，操场上其实人不少，有很多报了项目的学生都早起来练，X先生不高，但我总是一眼就能找到他，在找到之后又慌乱收回目光，瞄向别处装作毫不在意。

但是那天，我没法儿不在意。他跟一个女孩子走在一起，还很亲密的样子，嘴角带笑地叫她“橙子”。我突然很难受，但还是努力笑得更大声，然后没人的时候悄悄溜走。

英语早读课上，每个字母都是他，每句读音仿佛都是在念他的名字，满脑子都是他。

我也曾视死如归，直到遇见你渴望长命百岁。

他喜欢上我的时候我还不喜欢他，我喜欢上他的时候他不喜欢我了。

第一次我们还是朋友，第二次我们连朋友都不是。

你和我之前隔了一整个喜欢和不喜欢的过程，所以不得善终。

当时的我想我走近一步，你退一步，这样还不如早点结束，只是我没有料到结束会那么仓促，那么痛苦。

那时候快开运动会了，我跟同学打赌一定会在运动会前“脱单”。至于为什么有这个赌约，也是年轻气盛吧。讲赌约的时候满脑子都是X先生，他是我的全部赌注。

运动会彩排的那天下着小雨，我们都在中庭里躲雨，他站在最前面。他太耀眼了，一眼就可以看到，他突然回头，“砰”，整个世界从一片荒原到万物复苏。我知道在我跟他的拉锯战里他赢了，W把我的想法告诉了X先生，于是X先生就来找我，我们就复合了。

运动会是最难忘的了，因为我终于正视了自己的心意，他就是我心心念念的人啊。走过这么多的春夏秋冬，我还是最喜欢这个秋季。

这片秋季渲染的荒原上——“你在这里。”“我在这里。”

运动会他报了3000米跟1500米，我报了1500米，第二天才到我的比赛，我坐在大本营写加油稿——《致3000米运动员》。写完托播音的同学在他跑的时候念，播音的是我们班长，她一脸了然地对我笑笑。我随后跑去食堂给他买了运动饮料，在便签上写着加油，放在大本营我又不放心，怕有同学不小心拿错了，又跑回去拿了一张A4纸，写上“别动”贴在瓶子上。

男子3000米开始了，我拿着手机对照着往年最佳成绩给他计时，

X 先生跑得很稳也很快，他跑步的姿势很标准很耐看，我陪他跑了一会儿，然后……被裁判抓包吹哨就停下了。

不知道跑到第几圈的时候，广播开始播我的稿子，身边的同学对我挤眉弄眼，我无所谓地笑了笑。我又跑去找 X 先生，他还在跑，五圈、六圈、七圈，好累啊……我看到他们班主任了，心想反正大家都知道我们的关系了，就继续慢悠悠地陪跑，跑跑停停。

他是第一，硬是超最后一名四圈。我到终点处扶他，把水塞给他，他没要，我把水拿在手里和他朋友一起陪他走向大本营。X 先生特别棒，即使是跑完 3000 米也还有力气对我笑，真是个傻子。他说：刚广播播的稿子我听到了。我之前跟他说过写了个稿子，听到他的话后我假装淡定："嗯。"内心：求夸。

他稍微休息了一下，我陪他去班级换衣服。我们慢慢走在楼梯上，教学楼很静，阳光照在他脸上。我们慢慢走，仿佛走过了一生。

他去教室换衣服，我站在他们班门口等他。能听到衣料摩擦的声音，不禁红了脸，"怎么还没好啊……"X 先生出来了，捏了一下我的脸："嗯？"

好像看到 X 先生的腹肌了，好了，这下脸更红了。下去的时候我一直不敢看他，心中已经被喜悦覆盖。回到大本营，同学说："哎，你脸怎么这么红啊？"我说："有吗？可能太热了吧。"说完做贼心虚地灌了一大口水。

这天有 W 的跳高项目，X 先生跟我一起去给她加油。比赛地点在操场，操场真的很热，已经快十月份了，但是还是夏天的温度甚至更甚。我也是个“糙汉子”，没涂防晒没打伞就这么出来了。操场上打伞的一片，X 先生就拿着赛程表给我遮阳，遮了全程。

班主任就站在旁边拿着伞，边看边“啧啧啧”，然后掏出手机要给我俩拍照，我转身往 X 先生身后一躲，抓着他的衣摆。我能感觉到他轻声笑了一下，然后走过去找班主任说好话。班主任叫华妈，也教 X 先生政治，是一个非常可爱的老师。X 先生不一会就回来了，华妈也没再拍了。

其实我俩的关系还是很显眼的，前一天我刚刚在校园的表白墙上给 X 先生表了白，这是我第一次明明白白地告诉所有人，这个男生是我的“私人物品”。X 先生好像很高兴，因为我一直比较慢热，温温吞吞，也没有过多地表现出对他的喜欢。其实我很喜欢，只是不知道要表达。

W 跳高有点紧张，我也跟着她一起紧张，她的 Z 先生就在旁边。最后一轮了，W 在跟另外一个人争第一，W 比完一把抱住了 Z。全场欢呼，我也跟着一起高兴。

W 是我的死党，而 Z 是 X 先生的死党，X 先生是我的男朋友，Z 是 W 的男朋友。你看，“亲上加亲”，要是能一直这样就好了。他们在一起三年，最后还是逃不过毕业，我们呢？今年 2019 年了，我们连 2016 年都没熬过。

今天是我生日。

X 先生在 2016 年 3 月 27 日说，以后每个生日他都在。

2017 年，他不在。

2018 年，他不在。

2019 年，他依旧不在。

他是个骗子。

你是扎在我心脏上的一把刀

予安廿归

你是扎在我心脏上的一把刀

我和他的相遇更像是上天安排的一场劫。

故事的开始听起来还算浪漫和特别。

他是教官，我是军助。

他大四，我大二。

2017 年 9 月 4 日，我们初次见面，彼此很陌生，只是很尴尬地微笑。谁也不知道，序幕已经拉开。军助就是协助教官训练的本校的师兄师姐，同时他们也要关注新生身心健康。我因手术缺席了自己的军训，或许是因为觉得遗憾吧，我选择以军助的身份重返训练场。因为觉得带女生可能会事儿多，在安排表定下前，我找到上级申请带男生连，结果当然是如我所愿。

其实一开始，我的搭档不是他，但不知道什么情况，见面会当天名单改了，我原来的搭档带旁边的连了。天定的缘分你不想接受也得接受，而且对方还是个帅气的小哥哥，有啥不愿意的，心里都偷笑100遍了。见面会后就是为期18天的正式军训生活，我们的故事也开始了。

没有想到，第一天我就被他们笑话了。

先介绍一下人物关系，老王和我一样是军助，他是我铁哥们。欧教和许教是教官，我的搭档是许教。上午的训练刚结束，我就以迅雷不及掩耳之势，在学员都还没完全解散之时，率先撤退，光速冲向了食堂——我的信念里，吃是大事。

刚到食堂人还不多，自助餐有肉！我幸福感满满地打了一碗肉和一大碗饭，满足地拎着饭准备回宿舍吃。然后，在食堂门口碰到了刚到食堂的他们，无一例外震惊地看着我手里拿的午饭，顺带鄙视了我不等学员全部解散就跑路的事。

从那以后，我就乖乖地等学员全部离开训练场，然后跟他们一起去食堂吃饭。没想到，还是被他们嘲笑了。他们让我不要委屈自己，想吃饭就多打点，不要因为他们在就减少食量。

军训的日子三点一线，食堂—训练场—宿舍。定时定点的生活对我来说有些乏味。事情的转机出现在军训开始后的第三或者第四天。一个“战地记者”（我师姐）跑到了我们训练场拍照，刚好我们营在休息，师姐说要帮我拍一张照片。本来我是想叫许教和我一起拍的，不过有点害羞，挣扎一下还是放弃了。但是师姐还是给我们照了合照，照片里他是侧脸。照片不知怎么就传出去了，好多连的军助都知道我们连的教官很帅，羡慕我。然后，我安静已久的心又开始不安定了。

算是因为工作关系吧，我和他总得聊一些有的没的，顺带着就会扯一些别的东西。一天训练结束没什么事干，我和他就会偶尔搭上两句聊聊，日子也就在这样的互相调侃互相靠近中过去了。他说，因为知道自己带的是男生连，在第一次见面看到军助是个女生的时候有些失望，因为怕我太柔弱了，镇不住男生。事实证明，刚好相反。当然这帮瓜娃子确实很倔强，给我气得差点就要默念 100 遍“莫生气”了。

有个小孩，队列动作不行，我经常点他名。后来看他没有进步，我就吓他说，不好好练就军训挂科了！但其实我已经是打算给他“优”了。结果他不配合我训练，还气我，真的是吃不消。老王看到我不对劲，过来安慰我，第一次看到我哭他有点震惊。然后他就去和学生沟通谈心了，许教看到也过来了。

大概军训到第十天的样子，他因为学校有个比赛得请假离开三天，这三天就由我和老王带这个连。说实话，我和老王都有点心虚，都没当过主训。我有一种妈妈出差、爸爸带娃的错觉。晚上的时候，我加入的几个学员小群闹矛盾了，场面一度很尴尬。好吧，许教离开的第一天，有点想念他。再晚些的时候，突然接到了许教的电话，他询问了一下连队情况。

他走的第二天，因为很多事情我心情不好，他又不在，我就坐在训练场旁和他微信聊天，跟他诉说那些矛盾。因为昨天他打电话给我的原因，我以为他不放心，还拍了视频给他检查小孩们的训练情况。他说，明天就回来啦，我心里偷笑100次。

第三天，他就要回来，说给我带好吃的。虽然不是很喜欢，可既然是他买的，我还是开心地吃完了。晚上是迎新晚会，我们在后面唠嗑。晚会快结束的时候，还有一个教官独唱，教官和军助还上台当了一回背景墙，站在队伍里。我偷偷往他的方向瞄了一眼，离得很远。当天晚上，表白墙有一条表白，说有一个教官在大家离场后，在操场捡垃圾，是他。我莫名有些小骄傲。

第二天早上有升旗仪式，我是国旗护卫队的队员，得出任务，大清早就爬起来去升旗。然后，他带着我们连一起来看了。我很感动，也很骄傲。我想和他并肩，同军人一样光荣。

因为我总是喜欢赖床，拖延一下，吃饭时间就很赶。他看不下去了，就包揽了我早饭的事情。每天早上他们集合得早，他就把早点带到训练场等我。然后互相喂食的生活就开始了。有军助给我送了西瓜，我转手就送给他吃了。晚上训练结束后，我们全部换便装一起去奶茶店喝喝饮料聊聊天，顺带和一些连里的孩子联络感情。

我们偷偷溜去KTV玩了，一起八个人，四个教官四个军助，关系都很好。没想到我们突然查寝了，我们难得有这样出来相处的机会，根本不想回去。正在我纠结万分的时候，他突然靠到我耳边说，留下来。他喝了一点点酒，有些微醺，场面一度十分暧昧。我承认我心动了，然后我就这么顶着压力留在了校外。

分开的日子逐渐近了，不舍之情也更浓，我们约定国庆一起吃饭聚餐。

军训结业阅兵礼前一天晚上，我拿出久违的水粉盘和画笔，画了幅他的画像，一直修修改改画到凌晨四点，几乎是一晚上没有休息。早上起来看阅兵，坐在观礼台快睡着了，但是坐在那个角度，看着我和他的兵就很骄傲。中午教官军助一起聚餐，在吃饭前，我把画和信放在一个盒子里递给他，然后就一起列队去食堂了。我们坐在桌前拍了张大合照，也照了我们俩第一张正儿八经的合照。好多教官都和军助拥抱告别，他没有！然后他们就匆匆列队准备上车返校了。本来我觉得又不是永别，马上还要见面的啊，结果大家都哭了，伤感气氛太浓了，我也没忍住哭了。看着车子驶离，我还没找到他坐哪儿，更难过了。他跟我说，车上气压也很低，他们也很难过。他说看到我的画，又看到我哭了，他也哭了。他说他三年没哭了，看到我哭也绷不住了。他在返程的路上还不忘挖苦我一句，你今天晚上终于可以吃饱饭了吧。军训结束，全部归队，大家也都要回归正常生活了。

因为军训期间夜生活一直“太浪”，频频熬夜没有休息好，而且刚回去队里就要招新，我被安排任务坐在摊前，吹了一些风后着凉了。然后因为他们也刚回去，队里人还没全，也没什么人管他们，于是，我们俩又唠了唠嗑，我顺带跟他抱怨了一下感冒的事。

因为我比较懒，一般生病不去医院不吃药，他就给我点了感冒药的外卖。

我说：我对你是不是很好，怕你带训嗓子不舒服，特意跑出去买金嗓子。但是对我自己，我连买药都不愿动，感不感动？

他说：感动，大恩大德无以为报。

我说：那就以身相许吧。

他说好。

我说：我没法接，应该你问才对。

他说：看在我给你买药的分上，以身相许好不好？

我说：好呀。

他说：做我女朋友好不好？

我说：好呀一言为定。

表白全过程，就这样。

确定关系以后，整个人身边都包围着粉红泡泡，看着手机傻笑，看着周边的人眼神都温柔许多。招新结束以后返校，特别累，特别困，可晚上还有训练，结果因为状态不佳被师兄批评了，我心里委屈巴巴，超级想哭。我跟他说：你能不能发语音给我，想听你声音。他说：等晚一点，我们视频吧，我想见你。在屏幕里看到他的时候，真的瞬间就晴朗了，一扫阴霾。

有你在，真好。下次见面的时候，一定要好好抱抱你，跟你讲“余生多多指教”。

但事实也证明，20 多岁的感情，谁也不是就要跟谁过一辈子，我们都很清楚。

我这么懒的一个人，开始勤快地记录我们在一起以后每一天的生活。因为很难见面，每天都是靠着视频聊天续命，想他想到发疯也无可奈何。和国家争宠，如何能赢？

老许情话示例：

想给他寄点零食，他说："相对于吃的，我更想看见你。"

我跟他说："搬东西超累，一个师兄帮我大忙了。"

他说："那还挺好，就是我会吃醋。"

我说："自己拿超累的。"

他说："是啊，所以我只能默默吃醋。一个人累死的时候，好想你在我身边。"

其实我是故意提起师兄的呀，就是想看他吃醋，但是他回复语气的无奈让我超心疼的。我知道，如果条件允许，他会陪在我身边的。

之前看到一段话说，如果你在路上看到一棵奇怪的树，第一反应是想发给某个人看，那么你就爱上他了。没错，现在的我，所有的事情都想和他分享，或许是我吃的食物，或许是我见到的风景，全部都想告诉他。上课的时候想他，吃饭的时候想他，睡觉的时候也想他。无论何时都在提醒他：我们在同一片天空下，互相思念的时候，抬头望一望天空，我也在看呢。世界很大，人生很长，不知道我们能坚持多久，但是当下想他的每一天就足够了。

其实，我一直没什么安全感，就是对自己非常不自信，怕他离开我。他跟他妈妈说了我们俩的事，他妈妈说谈恋爱没事，别伤害人家。我说，我知道你不会的。（忽然觉得阿姨的训导很有先见之明。）

我翻起了手账，发现里面写了很长一段话：

> 我不知道你怎么想的，虽然我一开始没有想过要走到最后，但是，从你认定我的时候起，我开始期待未来的生活了，想着以后柴米油盐的日子，小打小闹地过一辈子，即使以后你被分配到深山老林，我也等你。
>
> 我经常翻日历，计算什么时候你能陪我，我们可以一起过什么样的节日。我有很想报的社团，但是练习时间和见你冲突了，我还是选择放弃了。从和你在一起开始，我的生活就变了。我想珍惜我们在一起的每分每秒，甚至有些时候都不舍得生气，因为我们在一起的时间是偷来的，我们都在努力地爱着对方。

这个火车站我第一次来，人生地不熟，我们俩在相距不超五米的地方，互相找了好一会儿。他很自然地牵过我的手，他的手很凉，但是却温暖我心，很喜欢被他牵着时他给我的安全感。第一次约会，点菜也没点儿数，两人三个菜着实吃不完，我说我吃不下了，他居然不相信。

离他回去还有一会儿，我瞅着气氛不对，总觉得他想亲我，我就很屃地趴坐在椅子上。他叫我一起看《快乐大本营》，于是我愉快地蹦跶上床靠着他。我在看电视，他在看我，我转头瞄了他一眼，他顺势搂着我的腰把我扑倒了，我条件反射把脸避开了。没想到他又连着亲下来了，没来得及躲开，初吻“交待”了。后来他跟我说，他来之前看了很多接吻技巧，怕我嫌弃他技术太差。好了，约会第一天就圆满结束了。我觉得我们俩进展太快了，有点不真实了。

逛街的时候路过了婚纱一条街，好几家店给我们塞了传单。他说，他不想结婚，不喜欢这种婚纱，给我气的。回学校路上，我还是有些内疚地跟他解释了我的“作”，写了很长很长的一段话。

有一句是：“她下次再闹脾气，你就多哄一下她，不然自己开解不了就可能全剧终了。”

他回的话里有一句：“要是敢全剧终，老子肯定拍续集，主角不换的那种。”

那时候的他很照顾我的感受，也愿意给我想要的安全感。他给我的安心，给了我一种我们会在一起一辈子的错觉。我一个人的时候，一直是披荆斩棘的女王，从不示弱，倔强成性，死扛到底。可是遇见了他，我只想当回小女孩，撒娇哭泣，听见他的声音，能委屈得哭出来，见到他就卸了铠甲。要强了这么多年了，在他面前锐气骤减。

这儿的秋季很冷，宛如冬天，奔波在两个校区之间让我十分心累。训练结束后，在萧瑟的寒风里等车，我还要安慰因无法陪伴我而内疚无比的他。

每次见面分别，我都非常不舍得。他每次外出都有时间限定，我不想浪费能和他在一起的一分一秒，所以，每次都愿意送他回学校，然后再走近两倍路程回自己学校。因为我爱你，所以所有付出我都愿意。

和军校生谈恋爱真的好辛苦啊，一个月见他一次，一次就几个小时，有些时候想他会委屈得哭出来。我从初中开始就想学织毛衣，但我妈亲手教都没有教会我。和他在一起以后，我就想为他做这些很俗气的事情，跟着视频一针一线地织围巾，一织就是好几个小时。有时候没织好，拆了几行都要重新织。一条围巾，大概花了我两个月的闲暇时间。虽然讨厌他这只“猪”抽烟，我还是嘴硬心软地给他买了Zippo。本来想亲自把礼物送到他学校，又怕 Zippo 的油过不了安检，挣扎之下还是邮寄给他了。

爱一个人的时候，给他全世界都怕不够多。

去年是他陪我跨年的。没有想到我们俩的分手，让我 2018 年的后半年都沉浸在丧气里，做了很多事情想忘记什么，可是好像总有些东西在不经意间冒出来，你无法逃离，又不敢沉沦。

去年情人节，也是他陪我过的，他特意从家里坐动车过来陪我。

我们为什么就这样走散了呢？

为什么他说放手就放手了呢？

若能避开猛烈的欢喜

子芽呀

所有的遇见，都是命中注定

2015 年，我 15 岁，初升高，开始接受新的环境，当然也有旧的朋友。我在 10 班，朋友小小在 12 班，那年孙先生 19 岁，他留了几级，因为总是换学校。

10 月份运动会前，小小告诉我她喜欢上孙先生了，少女的悸动或许是因为对大几岁的成熟的向往。运动会之后，我正式认识孙先生，那时我怎么也不会想到，这个男人，在以后的日子里会让我如此着迷。

认识之后，我跟孙先生关系发展得很好，当然只限于朋友。孙先生从高一开始就一直有女朋友，从未断过，小小因此一直处在一个低迷的状态。

后来孙先生告诉我说，他能感觉到小小喜欢他，但是他们是不可能的。我跟小小说了之后，一场来自少女的暗恋就此结束。

好在不久后有一个男孩对小小表白，转移了她的注意力，小小跟孙先生的事也算告了一个段落。

那时候孙先生跟我的另一个朋友润润在一起，他们都说润润很像孙先生的初恋，孙先生很喜欢她。但在 2016 年 1 月 10 日的前一天，润润提了分手。

1 月 10 日是孙先生生日，赶着那周的周末，我们去 KTV 给孙先生过生日。那天他哭了，躺在地上哭了。说真的，当时我手足无措，不知道该怎么办，除了拍拍他的背安抚他，什么都做不了。

2016 年 1 月的尾巴，下雪了，很大很大的雪。

我拉着小小和孙先生，一起踩着厚厚的积雪，往家走。我那时候觉得，我重要的两个朋友，陪在我身边，跟我走在一起，一起“白头”，没有什么比这个更棒的了。

我很满足，以至于现在很想回到那天，只有我跟孙先生两个人，重新以朋友的身份再一次在雪地里变成白头。

但是我知道，回不去了，再也回不去了。

我想拥有的东西很多，却唯独不想拥有故事

大概是 2016 年的夏天，我搬回了原来住的地方，意外地发现我跟孙先生居然住得那么近，中间只隔了一条商业街。

从那以后，每天我们都一起上学放学，早上我打电话叫他起床，然后在楼下等他下来。他每天都好慢好慢，我每天都要数落他几句。

那时候我们高二，他开始不停地打工，有时候还会请假到别的地方去。

一天晚上，他突然打电话说要把书放在我这里，他要去别的地方。于是大半夜我偷偷开门，他递给我好多书。那时候我内心是很开心的，虽然嘴上数落他麻烦，但是又开心我们的关系那么近。

那时候我有一个男朋友，他是我的学长。那时候孙先生也在追他班上的一个女孩子，还送了女孩一捧花，说真的，那花很丑。

不久他们在一起了，我不是很喜欢那个女孩子，他也不是很喜欢我的学长，但那时候我对他没有感觉，我们真的只是朋友。

2017 年 1 月 10 日，我认识他之后他过的第二个生日。

那时候他分手了，我还跟学长在一起。我去 KTV 给他过生日，他骑车来接我，说："你看别人都没有这个待遇，我对你多好。"

我笑了笑，不以为然，他是怕不来接我我就不去了。

那天他叫了很多人，其中有一个男孩叫筱阳。他大概是这么多年唯一一个让我觉得惊艳的人——长得好看，唱歌好听，性格还很暖。

在 KTV 里，孙先生叫我到他身边去，我说干吗，他就一下把我放到他的腿上。我有点慌，我说我有男朋友。他说：“你有男朋友关我什么事？”我很快从他身上挣扎着下来了。

过了一会开始切蛋糕，然后一场混战就开始了，他把我脸上衣服上抹得全是蛋糕。

最后大家都开始找卫生间洗掉蛋糕，我跟他在一个地方洗，他慢慢帮我清理脸上的、脖子上的、耳朵上的蛋糕，很温柔很温柔。

我洗干净以后，就在我们两个人看着镜子里的自己时，他突然凑了过来，在我脸上轻轻啄了一下。我更慌了，我不知道他是亲我还是要把他脸上的蛋糕抹到我脸上来，我什么都没说，开始慢慢给他洗。

过会我出去给我哥打电话，孙先生跟了出来。我喝得有点多了，站在墙角，他站在我面前，我把头靠在了他的肩膀上。

暧昧，是暧昧的氛围。

筱阳要走了，正好过来卫生间，我在那里弄头发，他拿起旁边的毛巾说：“我给你擦一下衣服上的吧。”

我愣神了，那是他跟我说的第一句话，我说了一句好。擦了几下他说弄不掉了，回去洗洗吧，我说谢谢。

回去以后我开始疯狂仰慕筱阳，要来了他的 QQ。只是仰慕，不是喜欢，聊了一段时间以后就没有下文了吧。

我跟筱阳没有故事，但直到现在为止，他还是唯一一个让我觉得惊艳的男孩。

我后来也没有问孙先生关于在 KTV 里的拥抱和那个轻轻的吻，

我怕我问了我们两个人都会很尴尬。

不久我跟学长分手了，因为他对我冷暴力，以及他不喜欢我身边的异性朋友。我清楚我们没有感情了，没有挽留，坦然接受。

我跟学长在一起八个多月，没有拥抱过，没有亲吻过，现在我跟他是很好的朋友，无话不谈。

我跟孙先生还是跟以前一样，一起上学一起回家。有一次我们一起过马路，我一个劲儿跟他说话没有看车，一辆三轮车从我面前飞驰而过，离我很近很近，我再往前一点点就撞上了。

缓过神来，发现孙先生的手挡在我身体前面，他说："你吓死我了啊你！"我心里很暖很暖。

还有一次，小小来找我借做好的地理资料给她同学。结果交了上去，地理老师发现名字不对，当着全班人的面把我的资料撕了扔在地上，告诉我："你自己想办法明天交上来一本完整的做好的。"

我去跟小小说这个事，还跟那个同学吵了起来，我很生气，也很无奈。这时孙先生走过来说："没事，我把我的给你。"我说："你的都没做，我一个晚上怎么补啊？"他说："那我今天晚上补好了明天再给你送去。"

于是那天晚上，从来不写作业的他，为了给我补资料，弄到了 12 点多。

第二天，一份完整的做好的资料出现在我面前，他的字很丑很丑，可是我很感动。

那时我以为他可以陪我很久很久，我以为我可以一直跟他以这种状态生活下去，直到我们高考，直到我们离开家乡。但这种平静又美好的生活被打破了，被孙先生突然的离开打破了。

你是我的遗憾

应该是三月份吧，他那段时间总是生病，低烧不断，总请假。我有时候去医院看他，陪他待一会，去了他也只是告诉我很困很困，一直睡觉。

某一天孙先生突然跟我说很奇怪的话，他让我照顾好自己好好学习，我的直觉告诉我应该发生了什么事。

不管我怎么问，他都不说，他只告诉我不想念书了，他没有那么多时间耽误在这上面。我告诉他起码要把初中念完，他答应我了。

没过多久，一天中午我去学校，小小突然来告诉我孙先生要走了，我一下蒙了。他要走了？为什么？去哪里？为什么我什么都不知道？

我像疯了一样给他打电话，我跑去他班上找他，他同学告诉我他已经走了。

过了一会儿，他托人给我送来一杯奶茶，我问那个人他在哪，他说就在学校对面。我又跑到学校对面去找他，没有，什么都没有，连他的一个背影也没有，我给他打电话他也不接。

那天下午数学考试，我心乱如麻，根本做不下去，一直趴在桌子上哭。他们都以为我疯了，是的，我真的疯了。

晚上回去的时候我联系上他了，他给我发了好长好长的一段话，说实话我记不清了。他告诉我他要回南京了，我很生气，气他什么都不告诉我，气他不见我最后一面，但我只能祝愿他一切顺利。

就这样，孙先生一下子离我的生活好远，我们每天只能用手机聊聊天，打打电话。

我很难受，一时间接受不了每天生活在我生命里的人就这么突然离开我，但是已经成定局了，我无可奈何。

只要你开口，我就愿意回头

日子一天天过，我每天都跟孙先生打电话聊天。

孙先生喜欢多肉，我就买了两盆放在家里养，用它们来代替孙先生，可惜都死了，两盆都死了。孙先生说我笨，我认了，确实笨。

桌上一直摆着的，还有那杯他托人给我送来的奶茶，一直放在那里，都上下分层变质了，我还是舍不得扔。

大概是五月份吧，孙先生回来了，他没有告诉我，我看见他在群里发消息才知道他回来了。我跑到楼下，给他打电话，让他下来见我。

他在电话里说干吗，我说："就见一面，我已经在楼下等你了。"说完我就把电话挂了，没给他反驳的机会。

他从黑暗里走出来，像极了几个月前我在冬天的早晨，天还是漆黑的时候等他上学的样子。我笑了，忘记了他回来不联系我的愤怒。孙先生说走吧，送你上楼。他走在我身后，一句话都不说，我们都保持沉默。

到二楼的时候，我突然转过身，对他张开双臂，喊着他的名字，笑着说抱一下吧。他向后退了一步，说不要，然后他走了。

我刚进家门，手机就收到了他的消息，他说："我不抱你，是希望不要误会。"我什么都没说，转移了话题。

所以，是误会什么呢？我不知道，我到现在都不知道。

第二天他送我去上学，一切都像以前一样，真的很好。走到校门口的时候，碰到了他朋友，一个女生，就叫她安琪吧。这个女孩，我不喜欢她，她也不喜欢我。

她看见孙先生了，很惊讶地对孙先生说："你回来了都不知道来找我。"他们住得更近，一栋楼的距离。

我笑了，心想："他回来了为什么就要去找你，没看见他送我来上学吗？"孙先生也笑了，应付了她两句跟我进学校了。

一切仿佛都是顺理成章，却又让人猝不及防。很快，孙先生又回南京去了。

2017年的夏天，美好开始了

7月20号，孙先生突然很认真地说我们在一起吧。

我犹豫了一下，我不知道该不该转变身份。孙先生很失望，改了他的签名——“我一直太自信了，这次是我输了。”

后来，也算是深思熟虑过吧，我答应孙先生了。其实那时候我就应该意识到自己早都喜欢他了，但因为别的人、别的事，我一直没有察觉。

孙先生很开心，我也很开心，每天都打电话。他会跟我撒娇，会哄我睡觉，会有说不完的甜言蜜语。

一个星期以后吧，他从南京回来了，说很想我，我也很想他。

见到他的那天是晚上，我上课上到近九点，他下了车后直接来接我，不停问我怎么还没下课。

我下课了就赶紧跑出去，跟着我朋友一起，一转弯我就看见了他，我朋友对他的突然出现感到很惊讶。他手里拿着两杯奶茶，我朝他走过去，他把一杯给我，发现我身后还有人，就把另一杯递给了她。

我喜欢孙先生的这些小细节，他会照顾我，也会照顾到我朋友。

我跟他回家时，一路上有点尴尬。大概是因为关系的转变，我们一时间还不知道怎么应对。到二楼的时候，我突然转身问他：“你没有什么要跟我说的吗？”他说快上去吧。

当时我很生气，一到家就掏出手机发了一段气话给他，我记不清他说了什么，反正把我哄好了，又是一夜的甜言蜜语。

第二天天气太热了，在我软磨硬泡下老师给我放了下午的假。我就跟他出去玩了。

我在楼下等他，刚刚洗好的头发还乱糟糟的。他突然从后面搂住我，吓了我一跳，我们先去了台北小站，是一家饮品店。

一起去的还有他朋友和我表弟，我跟他坐在一起，他不停地让我吃这个吃那个，我刚吃完饭哪有胃口，一直不吃。

我们两个的距离很近很近，两个人的手也很近，一点一点地牵到了一起。孙先生的手比我的大很多，很好看，他牵着我，我格外安心。我们从饮品店出去以后，他就一直牵着我的手，真好啊。

之后我们又去了大明汉宫，是那种汗蒸休闲的地方。我跟孙先生一起在海洋球里玩，嬉戏打闹。他还成功骗了一个小孩子跟他一起欺负我，真是幸福。

孙先生朋友带我表弟去一边玩，我跟他在类似窑洞的地方一起坐着。他把我手上的手镯取下来，跟我闹小脾气，因为那是我前男友送的，我挺喜欢的就一直戴手上，也没注意。

他调侃我分手了还戴着，是不是还喜欢人家，我就假意说是啊，他就还给我了，说那你戴着吧，自己坐到角落里去了。

他好可爱，我把手镯放到一边去哄他，他让我坐在他前面，还非要我背对着他。

我像一只小绵羊一样听话，他一下从后面把我放倒了，他也顺着躺下来，把我圈在怀里，我枕着他胳膊。我们离得好近好近，我能感觉到他的呼吸，能听见他的心跳，跟我一样扑通扑通地跳得很快。

我安心地在他怀里闭上眼睛，享受着片刻的美好。如果我可以让时间停住，那就停在那时候吧。

一会儿我表弟跟他朋友回来了，看到我们躺在那，我赶紧坐起来了。他朋友拉着我表弟走了，孙先生看着我笑，温柔得像一泓泉水，慢慢地流进我心底。

他躺在我旁边，我捧着手机玩，他的手悄默默地伸过来了，于是就变成了他拉着我的手睡。

一直到晚上八九点，我该带着表弟回去了。表弟和孙先生的朋友先去换衣服，我跟孙先生去那个窑洞里拿东西，我手机在那里充电，孙先生就坐在旁边，正好挡住了。

我想，亲一下他吧，我就借着拽充电器的机会，扑到他怀里在他脸上轻轻地亲了一下。孙先生都要乐开花了，搂着我去换衣服了。

那天，一夜美梦，梦里都是他。

“戒指是你的，你是我的”

第二天一大早跟孙先生聊天，孙先生调侃我怎么只敢亲脸呢。那天下午不上课，我跟孙先生去了甜甜圈店，名字叫“密境”。

我跟孙先生坐在同一张沙发上，转过头就与他对视上，我靠近他凑了上去。闭上眼之后，迎接我的是他柔软的嘴唇，还有他那不老实的舌头。

这是我的初吻，我跟孙先生的第一次亲吻，现在我已经不记得当时的触感，只记得当时怦怦跳的心和难以掩盖的喜悦。

我们吻了很久很久，难舍难分。我喘不过来气，觉得舌头都疼了，他才放开我，看着我笑。

我躺在孙先生怀里，玩弄着他手上的戒指，突然他把戒指摘下来套在了我的手上。他戴在小拇指上的戒指，戴在我右手无名指上刚刚好。孙先生笑着说：“它总是勾到我衣服和头发，现在戴在你手上，让它以后勾你的头发吧。”

当时，我的心里只有幸福。后来那个戒指在我手上戴了有一年，丢过两次，都被我找回来了，但最终还是丢了。

晚上上完课回到家，就看见孙先生给我发的消息：“戒指是你的了，而你是我的。”

晚上我换了衣服，借着带表弟夜跑的名义，溜出去跟孙先生看电影了。一起的还有他的三个朋友，一个男孩，两个女孩，其中一个就是之前提到过的安琪，那个男生追安琪追了很久。

电影是《悟空传》。我跟孙先生坐在他们的前一排，我靠在孙先生怀里，一只腿搭在他的腿上，晃来晃去。孙先生说别晃了，我偏不肯，他突然按着我的座位使劲晃起来。在电影院里两个椅子晃动得厉害，我怕别人误会，立刻安静下来了。

坐在后面的安琪朝我扔爆米花，我以为她闹着玩，孙先生用手接住的几个还喂给我吃了。

突然她抓着一把爆米花往我脸上拍了过来，因为爆米花有硬的地方，就很疼。孙先生一下捂住我的脸，回头冲着安琪说了一句：“你过分了！”她一下就老实了。我知道我爱的人在保护我，很开心啊。

之后他在看电影，我就侧过头偷看他。他一发现我在看他，就猛地转过头来，我就把头转过去，假装看电影。

喜欢一个人眼睛是藏不住的，我自己都能感觉到我看向孙先生的时候，眼里是充满爱意跟幸福的。

电影放完以后，我们坐在大厅的椅子上休息，安琪突然喊孙先生给她扎头发。我愣了一下，孙先生就说让另一个男孩子给她扎。

我不知道这个女孩到底什么意思，反正我感受到了她的敌意。我跟学长还在一起的时候路上碰到过她，她问我男朋友是那个学长吗，我说是的。她说本来应该是她跟学长在一起的，我不作声。

但现在更多感受到的是孙先生对我的爱跟保护。

孙先生回来的第三天我得上课了，他就一直跟朋友在“密境”等着我下课。我趁休息时间就赶紧跑到那里去找他，我到那看见他躺在沙发上闭着眼，以为他睡着了，我轻轻地坐在沙发上。

他一下搂住我的腰说他想睡一会儿，我说好，他又让我喝桌上的那杯饮料。那是他喝过的，我太明白他的小心思了。

中午下课了，他带我去吃东西，在一家半快餐店吧，叫“有意思”。他有浪费的习惯，又点了好多好多菜，他一个劲给我喂东西。

过了一会儿我到旁边接电话，他悄悄跟过来了，挂了电话他就开始亲我，像个依赖人的小孩。

晚上我九点多下课，一走到大路上就看见孙先生和他朋友三个人坐在路边，他一看见我就说“你可算是下课了”。我说怎么了，他委屈巴巴地说:“老板娘打烊了，让我们给她刷盘子，还把我们撵出来了。”

我笑得很大声，他坐在那等我的时候，像极了丈夫等自己的妻子下班。

回去的路上我跟孙先生走前面，快到家了，孙先生一边走一边亲我，我都怕撞到墙上。

总有一天你会放下些许的遗憾，带着爱开始新的生活

孙先生要回南京了，那天晚上我拿了钥匙，11 点多悄悄溜了出去陪他。我们手牵手在附近的三桥散步。走在桥上的时候，他作势要把

我抱起来扔下去，我灰溜溜地往前跑。

我们从三桥走到四桥，走过快要关门的店铺，看到半夜捕鱼的人们，看到满塘的荷花，在略带腥臭味的木桥上亲吻，在无人的街道昏暗的路灯下紧紧拥抱。

后来我累了，拦下一辆出租车，师傅问我们去哪里，孙先生说哪里凉快去哪儿，师傅笑着说现在宾馆凉快。气氛有一点点尴尬，孙先生说先往前开吧。

我们本来想去 KTV 待一会儿，但那时候 KTV 都不开新包厢了。我们只好坐在公共木椅上，我躺在他腿上，听着他喜欢的歌，一起看着星星。他低下头来吻我，我着迷了，我在他的温柔里迷路了。后来我躺在他腿上，迷迷糊糊睡着了。

凌晨两点多，他把我叫醒一起回家，一路都是被他搂在怀里扶着回去的，拥吻过后道别，一夜美梦。

第二天我醒的时候，他已经在火车上了。我说“我昨天啥时候在你腿上睡着的”，他说“我也不知道，反正就是有人亲着亲着不动了，低头一看居然睡着了”。

真的丢人，打死我也没想到，我居然跟他亲吻的时候睡着。孙先生一个劲儿地说我傻，说我可爱。

为何你不懂，只要有爱就有痛

这次孙先生回去之后，我跟他陷入了情侣的瓶颈期。我们不停地吵架，每天都吵，我害怕失去他。11 月刚开始没多久吧，孙先生又回来了。他在床上抱住我，我在他怀里哭了起来，哭这些天跟他吵架的委屈，哭他的忽冷忽热。

他看我不对劲，轻轻拍着我，温柔地对我说："我的小公主怎么了？"他拍了我一会，我不理他。他把胳膊从我头下拿了回去，转过身，叹了一口气，再也没有说话。

第二天，仿佛什么都没有发生过一样，一大早他把我拉起来，说要带我去跑步，他知道我不久就体考了，所以催我去锻炼。

到了操场，我不想跑，他跟我生气说，"是你体考还是我体考"。我跑了一小段停了一下，他走过来拉着我跑。

于是，在众目睽睽之下，我跟他成了那种"庸俗"的情侣。

我格外喜欢那样的早晨，就好像是两口子早上出来散步一样。

他回去了，我们又开始无休止地争吵。

距离、时间、他的前女友，到处都是问题，我们都很累。

11 月 26 日一整天冷暴力，我知道他想干吗。

11 月 27 日凌晨，他说："我们分手吧。"

我问他："为什么？"

他说："我喜欢男的。"

我说："别闹了，我知道你这是为了让我死心。"

他说："没有，爱信不信，反正我不喜欢你了。"

我说："你知不知道我现在自杀的心都有了。"

我给他打了个视频电话，双方都沉默，然后挂了电话。

我改掉一切与他有关的东西，我们谁也没有再找谁，像陌生人一样。

两条相交线，一下子有一条消失了，我该怎么办？我一夜无眠，陪我的只有他留下的戒指和他送来的糖跟坚果。我一遍一遍看我跟他的聊天记录，一次次在伤口上撒盐，不把自己伤得体无完肤我不甘心。

"宝宝，这是我们在一起的第一个100天，以后还会有很多天……"

"媳妇我想把你带回家，你是我第一个有结婚念头的人……"

"不怕，以后我给你光明，我会保护你的……"

曾经是承诺，是甜言蜜语，现在是欺骗，是背叛。

我接受不了，实在接受不了。

我是深渊，你别靠近我

11 月 27 日，这个日子我会一直记得。2017 年的冬天格外冷，那个曾经在冬天陪我在雪地里白头的男孩从我的生活里消失了。

我变了，真的变了，朋友说我变得爱笑了，就是眼里没有光了，说我很奇怪，有时候会突然沉默下来。

爱的人离开了，当然会变的啊。

没过几天，下雪了，雪真的太大了，我很想念当初在雪地里陪我白头的他。凌晨一两点，我待不住了，穿得很薄出门了。出门前我告诉闺密，让她给孙先生打电话说我半夜出去找不到我了，我想知道他还会担心我吗。

街上一个人都没有，我一个人从四桥走到三桥，按着当初的路线倒着走，如果能回去该多好，再冷我也愿意。

站在四桥桥中央的时候，我看着下面的一片深渊，感受着桥的晃动，我一点都不想跳下去。下面应该很冷吧，会被更多的黑暗包围吧。

回去以后我打开手机，有一条好友验证，是孙先生的。我很开心，觉得他要回来了。

他说："你能不能好好的啊，别让人担心。"

我笑了，你看吧，他还是关心我的，他还是怕我出事的。

可是他又说："你打扰到我的生活了。"

是啊，我打扰到他了，也没什么，也就心如死灰吧。

第二天，我又出去了，走过曾经那个我吻着吻着就睡着的座椅，走过我们第一次靠近对方的台北小站，走过我们第一次亲吻的大明汉宫。

我倒着走，陪我的还有啤酒。我还滑了一跤，除了疼还有透心的冷。这一次，我没有再让他知道。回去以后，倒是睡得格外安心。

2018 年 1 月 10 日，孙先生的 22 岁生日，也是我认识他之后他过的第三次生日。这一次我没能陪他过，只能在心里一遍遍地说，生日快乐，我爱的男孩。

春节那天，春节联欢晚会快倒计时了。我不敢拿我的手机给他打电话，我怕他不接，于是我拿了我爷爷的电话，电话打通了。

他说："喂？你好。"

我没理他，他又说了一遍你好。

我说："新年快乐。"

他愣了一下，说："我还有事，先挂了。"

我笑了，你看，他一下子就听出来我的声音了，一下就听出来了。他还记得我是谁，多好。

我哭了，他连一句新年快乐都不愿意跟我说，他那么急着挂电话。

那天也很冷，我在院子里哭了十几分钟，冷静下来后，用着爷爷老化的键盘，艰难地打着字："对不起，打扰了。"

明明去年的这个时候，我问他："第一个电话你要打给谁？"

他说："不知道。"

我说："那咱俩打吧。"

他说："不行，我跟 ×××（他初恋的名字）约好了。"

我说："好吧。"

然后 12 点了，电话铃声响起。

"新年快乐！"

"新年快乐！"

明明去年的春节，他大半夜出去买孔明灯放，上面写着我跟他的名字。第二天我也给他看我放的孔明灯的照片，我也悄悄写上了我跟他的名字。

他问："你怎么也买了？"

我说："上街看到就买了啊。"

他说："就是顺带买的啊。"

我说："是啊是啊，就是顺带啊。"

他说"哦"，跟我闹脾气了。

明明上一次跨年的时候，我们还那么要好，怎么一年的时间变了那么多？

我剪了短发，剪去三千烦恼丝，剪去对他无法自拔的爱。

没过多久，我开始抽烟，我开始不停地喝酒。我心里只有对他的思念，那种思念真的很可怕，就像空气一样，不停地围绕着你。

曾经一起走过的路、一起躺过的床，以及我的房间，好像还都是他的身影。

年前他去了香港，他公司年会在香港开。在一起的时候，他还让我给他挑西装呢，不过还没挑好就分手了。

他发了一段小小的视频，是他穿西装的样子，很帅，没有女孩子能抵挡得住自己喜欢的男孩穿西装的样子吧。

年后，他跟公司同事一起去了泰国，他去看了他最爱的海。照片里的他越来越好看，让我陷入其中，不能自已。他发了一张女孩子挽着他的照片。

我说："你女朋友啊？"

他说："是啊。"

他说的哪句话让你直到现在也忘不掉？

前任博物馆

柔情

我害怕揉揉眼睛就错过了你。

Broken.LieJ

分手时候说，你别给我添麻烦。

seven

刚在一起的时候他说：“我会把这个世界欠你的以我的方式还给你。”

分手之后他和我说：“谢谢你，还给我自由。”

柠檬的虾米

帮她戴隐形，她说她睁开眼睛，看到的全是我。

沉默的肖邦

我想爱你，但是爱不起来了。

我也不知道为什么。

Yu

他说：“她是做错了什么，你要这样逼她一个女孩子！”

合租一年的女室友突然问我“喝酒吗？”

石心佳糖

合租一年的女室友突然问我“喝酒吗？”

这是一段尘封已久的往事。

2008 年，我 19 岁，刚刚在异国他乡上了半年大学，打算租房。

我去和租房中介见面时，发现他旁边还跟着个女生。我不知道她是谁，她也不明白为什么多了一个人来看房。中介解释说，他手上有一个双卧的房子整套出租，房东急出，租金低，而且私下还会多给他佣金，所以他强烈建议我们合租，只签一份合同，这样可以双赢。想到两个人分摊下来的房租比各自单租一间真的高不了多少，且又能拥有厨房、客厅等额外空间，我们都有点动心。只是初次见面，我们尚不清楚对方到底是个怎样的人。中介也明白我们的顾虑，一边带我们看看房间，一边叫我们互相聊聊。

初次见面，我便觉得她有些孤傲——虽然长得很漂亮，表情却不带一点笑意。我见她穿着一身运动短袖短裤，便顺口问她是在上学还是工作。她却只是告诉我，她作息规律，不会昼夜颠倒，还反过来说希望我也作息规律。我问她是否介意我爸妈可能会在短假期过来看我，用水用电会多一点。她说，不介意我的家长来，但如果是女朋友来就会介意，最讨厌“情侣噪声”。我告诉她，我连初恋都还没有过。她又说，以后就算有了也不能挤进来，你们可以换个房子租。我同意了她所有的条件。

就这样，我们成了室友。

处在同一个屋檐下，我们的日常生活很平静。我对她的了解，都是侧面的、零星琐碎的。比如从签订合同时提供的证件复印件上，我了解到她比我大七岁（起初我还不敢相信，明明她看起来和我差不多大啊）；从她晾的几件衣服上，我看到了她所在公司的名字；从那扇总是关着的门里面传出来的声音中，我听出来她有一个男朋友且人在国内。他们常常会视频聊天，有时候一起笑，有时候会争吵。

彼时刚刚出国留学的我，外语讲得还不好，跟周围人几乎是零交流，她就是我在异国他乡唯一的心理依靠。我承认我对她有过各种幻想甚至“邪念”，但这些念头都仅仅停留在大脑里。她是个高傲的美女姐姐，我只是个平凡内向、虽偶尔有些“闷骚”却十分爱面子的穷学生。对于那些我自认为高攀不上、撩不动的女生，我从不尝试主动追求，免得在碰了钉子后感到丢脸。

我和她第一次近距离接触发生在合租半年之后。有一天晚上，我接到她的电话，叫我去她的房间。我进去一看，她虚弱地躺在床上，发着高烧，问我能不能帮忙烧点水，再帮她把从国内带来的退烧药翻出来。在一顿手忙脚乱之后，我扶她起来喝药。她的背靠在我肩上，我的心跳得厉害，不禁萌生出一股冲动……

然而现实中，我还是老老实实地扶她躺下，关上门退了出去……

她请了病假在家，我便逃了三天课陪她。在这三天里，学校有两个计入期末总成绩的测验，我毅然决然没有去。我也没仔细想过值不值得，就是觉得“管不了那么多了”，每天沉浸在烧水、喂药、打包快餐，以及在她不疲惫的情况下陪她聊会儿天之类的日常小事之中。这大概是一种停留在青春懵懂岁月里的满足感……

自那几日之后，我们便熟络了起来。每天晚上她下班回来，只要不和爸妈或者男朋友开视频，就会找我聊聊天。而我也会赶在每天上午或者下午没课的时候，抓紧时间跟我爸妈聊一会儿，只为了把晚上的时间全部空出来等她……

在我的内心深处，对她的感情已经超越了普通朋友的关系，但在现实中，我知道我们不可能。

直到某天晚上，一切都发生了改变。

那晚，她突然来敲我房门并大声问我：“小孩儿，喝酒吗？”我惊讶地说可以，她又说：“那你去买啊！”我匆匆跑去楼下买酒，不知道她喜欢喝哪种，我便买了好多牌子的啤酒，还买了一瓶红酒。回去她看到我，又说：“准备干喝啊？”没等我反应过来，她接着说：“干喝就干喝。”于是，我们就盘起腿坐在她的床上，把刚买的啤酒红酒摆了一桌子，开始喝酒。我一边喝酒，一边听她向我倾诉。原来之前她和男友一起从这边的大学毕业，她找到工作留了下来，而她男友却更想回国内发展。他们是高中同学，自打高考之后在一起，到现在已经七年了。“七年之痒”名不虚传，“痒”到他们最终分手了——再好的感情也终究没能战胜距离。

说到最后，她就只是一直流眼泪，我们默默地一起喝完了所有的酒。

我很清楚当时的自己没有烂醉，没有“断片”，而是被兴奋和冲动占据了头脑，耳边仿佛只有一个声音：“管他的，能怎么着？”身体不受控制地直接凑过去亲了她。她当然试图抵抗，我当然也没有被推开。我反过去推她，她没有抗拒，轻而易举便被推倒了……

第二天醒来后，我发现自己对她的感觉陷入了一种奇怪的状态。我不知道自己在她面前是该装作什么事都没有发生，还是要尝试正式确立一下情侣关系。

而自此之后，我看到她的机会越来越少。她下了班总是像风一样地躲进自己的房间里不出来。我几次尝试过敲门，或者站在门外随便找点话题聊天，却始终得不到她的回应。我鼓起勇气问她喝酒吗，得到的回复也是“不喝！”上一次喝酒聊天，也成了我们之间唯一的一次坦诚交流。

租约满一年的时候，她没有续租，搬走的时候也没有找我帮忙。我鼓起勇气做最后的挣扎，当面向她表白，得到的回复是“对不起，你比我小太多了，我们不合适”。

我说：“别把我当成小弟弟好吗？我不介意年龄差距。”

她说：“对不起，我介意。”

之后她就消失了。

三年后，我换了智能手机，有了微信，突然想搜一下她的电话号码试试——竟然真的搜到了她，我们还互加了好友。就在我犹豫以什么话题先开口时，她先说话了，邀请我抽空去她家里坐坐。我按照她提供的地址找到了她家，开门的却是她爸妈。她解释说自己刚刚买了房子，请父母过来住一段时间。与此同时，一只男人的手伸了过来，紧紧地跟我握了一下，是她丈夫。她挽着丈夫的另一只胳膊冲我笑着，30 岁的脸庞，看上去还是那么青春甜美。

她叫我留下来吃饭，还跟家人讲了好多我们合租时候的故事，说我这个小弟弟特别贴心，特别会照顾她之类，唯独没有提到我听她倾诉的那一晚。我在心里默默伤感，可能我永远只能是她所谓的“小弟弟”了吧。

待饭菜上桌，她问我：“喝酒吗？”

她老公也连忙说：“家里有啤酒、红酒，你平时喜欢喝什么？”我突然心头一颤，仿佛整个人穿越回到那个晚上，但又立刻被拉了回来。

我说：“不喝了吧，我胃不好，医生让我别喝酒……”

就让我和她喝酒的过去，只保留那唯一的也是最美好的一次吧。

此后，我们便不约而同地保持着疏远的关系。我知道，那个秘密要藏好才不会影响她现在的生活。而我，也藏着那个秘密开始了我接下来的生活。这些年来，我们的动态偶尔会出现在对方的朋友圈里，她知道我结婚了，我知道她有了个可爱的女儿。

岁月静好，或者说岁月各自静好，静好到我觉得那一年的合租，和那一句“喝酒吗”都不是真实的，只是多次出现在我梦里的场景，被我误以为发生过。

续一　2018 年 12 月 31 日

我们当时租住的房子所在的那条路叫“XLOCK”，最后的四个字母“lock”中文含义有“锁住”的意思，我曾经几次跟她开玩笑说：“看我哪天能‘lock’你。”她总是笑笑不接话，不知道她是真的没有听懂，还是不想被我“锁住”。

续二　2019 年 1 月 9 日（喝酒那晚）

其实那晚我从去便利店买酒，再到进她房间，始终不明所以，不知道她为什么突然要喝酒。

打开第一罐，她开始很平静地讲她和她男友的事，讲他们由异地恋产生的种种矛盾，整个过程像在讲别人的故事一样平静。直到讲他们刚刚分手了，她的眼泪才像泉水一样止不住地往外涌。面对此情此景，我的大脑开始在“递张纸巾”和“借个肩膀”之间艰难抉择，最终令人惋惜地选择了前者……

故事讲完，牢骚发完，酒才喝完一半。她默默地哭，我就默默地递纸巾……我看着她红红的眼睛，好想把她的脸捧在手里，可就是不敢，连借个肩膀都不敢。那时候我心里还幼稚地想着，可能把酒喝光了胆子就够大了吧？便开始埋头快速喝酒……她还担心我喝得太快，问我：“我这还有袋从国内带来的热干面你要不要吃？”我坚决地说：“不吃了，你说的干喝，就干喝。”其实这时候，我心里已经在期盼着喝多了之后能发生点什么。

结果酒快喝完时她说：“挺晚了要不你回去睡吧？”我突然觉得，完了，再不行动就来不及了，于是直接凑上去亲吻了她。她应该是害羞和犹豫了很长时间，一直尝试推我，但是却没有生气。于是我抱得更紧了，好长时间之后才感觉到她不再用力抵抗……

我的征服欲到达了顶点。

我像是一个第一次登台演唱的歌手，以前学习的理论和看过的教学视频都在脑海里闪现，却因为不知道该把哪些理论应用起来而显得有些慌乱。

音乐响起，前奏部分我的台风还算合格，我唯一的听众也被我带入了情境。结果刚进到主歌部分就不太顺利了，主要是节奏不好，有时太快，有时又太慢，调来调去把自己唱累了，为了面子还得咬牙坚持。最后，还是这位热情又内行的听众急躁地一掌把我推倒，一路带着我把控节奏，我竟然被她带入了情境。我的眼前出现了一片草原，她是草原上一个酷酷的骑手，而我，就是随她驰骋的那匹小马……

现在回想起来，虽然全程是她带着我，但是最终进入副歌部分的，可能只有我自己……

时光不能倒退，有的往事真是不好意思回味。

续三　2019 年 1 月 18 日（再见，lovely face）

我来捋一下整件事的时间线。前面提到过，我们合租半年左右才熟悉起来，而喝酒那晚发生在第 11 个月，又一个月后房租到期，她立刻就搬走了。

接下来写点流水账，就是我们在开始熟悉与喝酒之间的那五个月的一些点滴。

有段时间外边打包的饭吃腻了，她开始尝试自己做饭，并邀请我陪吃，我欣然领命。她每天固定的下班时间是 7 点半左右，于是每到周三、周四便苦了我——连续两天中午 12 点到下午 4 点有课，11 点左右吃过午饭后，下一顿就得等到晚上 8 点多。说实话，我真的是在靠毅力坚持着……我也尝试过下午 4 点下课在学校吃点东西再回来，结果等到晚上 8 点多她的饭做好了，我却不饿了。吃得少又怕她失落，只能再靠毅力硬撑着……

总而言之，我坚持要陪她吃饭，因为她下班路上经常会买两杯珍珠奶茶之类的饮料，我们可以一边吃饭一边喝。而每次喝到一半时，她就会跟我说，“哎，我俩换换尝尝”，然后一把把我喝的那杯抢过去，吸管都不换。我也赶快把她的那半杯拿过来，把她用过的吸管咬在嘴里。每次到了这个环节，我都会心跳加速，这种感觉就像在间接接吻，甜美异常。

我们偶尔还会一起逛街（当然是我死皮赖脸要跟着她，以帮她拎包为借口）。逛累了去吃圣代，也总是要不同口味的，吃掉一半便连着木勺一起交换。每当这时，我又会心跳加速，幻想接吻的场景，感觉勺子比圣代还甜……

那时我们学校的音乐社团拉了一个音乐电台赞助，邀请了一些歌手来学校开演唱会。张震岳来的那场，我买到了票，邀请了她。演唱会的谢幕曲《再见》引发全场合唱："我怕我没有机会，跟你说一声再见，因为也许就再也见不到你……"唉，真是巧，两个多月后，我果然没有机会说出那句"再见"，我们的剧情也就那样谢幕了，再见的时候已是三年以后……

后来我们学校办过一次晚会，我报名唱了一首歌，用了《再见》的伴奏，我自己填上了英文歌词：

Looking around this lovely place,

Looking around this lovely face,

Feeling around the happy time flies every day...

反响还不错，好多人惊叹道："没想到你那英文水平还能押上韵！"还有好多人说产生共鸣了，觉得我唱的是校园里美丽的环境、同学美好的面孔和青春美好的时光。其实没人知道，我写的是她，是我们合租的那个 lovely place，是她那张 lovely face 和我的青春里珍藏的 happy time。

而这首歌，她没听过，直到现在。

续四　2019 年 1 月 24 日（完结篇）

最开始我写这个回答时，还心存幻想，想着她有没有可能看到。结果只用了一个月左右的时间就获得了一万多个赞，但依然没有她的回音。

我觉得不用浪费时间幻想了，便直接把链接发给了她，觍着脸让她读了一下。我还是特意在白天她上班的时间发的，如果她不想给家人看到我发的内容，回家之前就可以删掉了。

当时我就计划好了，只要她回复我，传达了她的任何感受的文字，我都会贴过来作为这篇文章的结尾。但让我没想到的是，她也写了好长好长的回复，而且写了好几件连我也是第一次知道的事……我觉得这不仅是个感想和结尾了，而且应该可以算作大爆料！

我就直接把聊天记录发出来吧（已获对方准许），也代表我这个“又臭又长”的故事彻底完结了……

那些青春过往，就请安静地留在青春岁月里吧！

聊天记录

她：昨天看完了你的文章，我还跑到厕所里哭了一会儿……到了现在的年纪，感觉提起青春都是奢侈而遥远的，结果竟然被你逼着重新回忆了一遍，好多感慨啊……

好在，就像你的文章所说，我们的岁月各自静好，这样我才坦然，觉得当初不管发生了什么，都没有影响我们的生活。

本来我们团队今天全体加班准备赶个东西，结果我偷偷在电脑前面写了一个多小时回忆录，都是拜你所赐啊……原本想着我自己也回答一下那个问题算了，但是发现下面已经有一万多个回答了，我发点什么肯定也沉了，还不如直接发给你！

那时候你觉得我高冷，我也觉得你高冷来着，每个月水电费单都是你下载了再发邮件给我，我再用银行转账给你……连这种可以当作正当交流的理由，我们都没有好好利用，浪费了可以多做半年好朋友的时间。

后来我们互相了解以后，那种朝夕相处的日子真的给我造成了一点错觉。我有时会偷偷地想，如果那个远在国内、不愿意过来找我、隔几天视个频还吵架的人能定义为男朋友的话，那这个生病了照顾我、陪我逛街看演唱会、吃饭洗碗无话不说的人，竟然只能定义为普通朋友吗？但这也只是我偷偷想想而已，我那时候一直坚定地提醒自己，我的男朋友是我的初恋，我想成为一个跟初恋就能走到最后的人。而我们之间异地的矛盾，假以时日肯定是能解决的。

所以最后当他提出分手时，我还央求他不要这么轻易放弃来着，我都没想到我会乞求他。所以当他坚定地告诉我就是要分手的时候，我是遗憾的，绝望的。我冲出房间，喊你喝酒，就是一时冲动和生气，想找你倾诉一下。

但是我现在敢大胆承认，你强吻我的时候，我没有生气，也最终决定放弃抵抗，脑袋里闪现出“给你换个角色”的想法。再加上刚分手，有很大的消极情绪和报复心理，就发生了后面的事。

在我的记忆里，好像不是那晚过后的第二天就不理你了。其实那晚我整宿没睡，一直在想不然就跟你在一起吧。第二天我给我爸妈打电话，告诉他们我分手了，也旁敲侧击地问了一下，如果有个比我小五岁（我都没敢说小七岁）的男生喜欢我怎么办？他们很坚决地告诉我，先不要随便做决定，不要因为分手赌气就立刻再找男朋友。另外，他们更坚决地告诉我，小五岁他们无法接受，还试图劝我说，小五岁，以后交流起来可能有代沟，未来就是我先老了男的还年轻……

所以我犹豫了几天，决定听爸妈的意见去试一下。当我故意不见你、不理你，故意让我们的生活没有交集之后，我发现自己也是可以生活的，你好像也恢复了正常似的。所以我就冷静下来，决定不要耽误你了。毕竟你比我小了七岁呀，一定会找到年龄相仿的好女孩的。就这样，我又开始了看房生涯，很快就搬出了你的生活。

最后说一下我老公吧。你能相信吗？还是那个人。他最终决定为了我放弃国内的工作，过来找我。因为突然来到了英语环境的国家，他很不适应，大学专业知识根本用不上，只能去那些私人学校和 training center 教中文。他也是承受了很大的心理落差，牺牲了很多。想想我们当时最主要的矛盾就是因为异地产生的，当异地问题解决了之后，我们和好了，一直到现在结婚生子，生活过得很安稳。但是就是因为我跟我老公兜兜转转，中间分过手，我实在没有勇气跟他正式提起你。那一晚的事情在我看来，有一种好像偷偷出轨了一次的奇怪感觉。有时候想，如果在你们两个之后，我又跟另外的人在一起了，至少我可以把你算作第二任男友，讲给现任听吧……所以我们曾经的那几个月真的只能是我一辈子的秘密了。再跟你说一次，千万不能暴露别的信息了！可能当我老了或者是临死前，会跟我老公讲起这段故事吧……

这就是我想说的全部了，再次借用你的那句话，岁月静好。祝你，祝我，岁月永远各自静好吧！

我：看完了……现在轮到我有点想哭的感觉了……其实我当时写这个帖子的时候，就是单纯地纪念一下青春，洋洋洒洒地按照我的记忆视角就写了。我也完全没有想到从你的角度来看，还有这么多我不知道的故事……

每次在朋友圈里看到你过得很开心，我也很开心。其实我跟我老婆的日子也是挺不错的，就像你说的，我们都好，才能有资格、有胆量去回忆和怀念一下过去。

你写了这么多，也终于让我弄清楚了一些这么多年都没能解开的心结。我现在终于知道你为什么突然不理我又很快“消失”了！最后说句对不住你老公和我老婆的话，当我是开玩笑吧——如果真能穿越回去，或者有平行空间什么的，我希望你有胆量不听爸妈的意见，跟我试一下……

谢君不娶之恩

阿惊

谢君不娶之恩

2018 年 4 月 23 日，考拉终于要结婚了。作为前任，我只庆幸，不是我嫁给他。

和考拉在一起三年，我对不起身边的所有人，唯独没有对不起他。可他却正好相反。

如果真的有时间旅行这回事，我愿意倾尽所有来换取一次机会，回到我和他在一起的任何一天，然后找到那时候的自己，狠狠地对自己拳打脚踢，然后深深地鄙视自己："你到底为什么要和这种东西在一起？"

可惜，时间旅行是存在悖论的，所以我的这个愿望永远也实现不了了，真遗憾啊！

没错，我不讨厌他，更不恨他，只是觉得那时候的自己简直像是被"下了降头"，蠢得无药可救。

我用三年的时间，来诠释"带眼识人"这四个字有多重要。所以现在我想告诉所有人，和一个有段位的奇葩在一起，到底有多可怕。

“可怜之人必有可恨之处”这句话对我和考拉都非常适用，我们两个人其实都是可怜人。他可怜在他的身世，而我可怜在没有智慧。而可恨之处就太多了，无论是他的狡猾和浪荡，还是我的轻信和愚蠢，全都不可原谅。

我和考拉原本就是不同世界的人。我生活在一个普通得不能再普通的家庭，家庭成员只有父亲、母亲和我，没有大富大贵，却也平稳安逸。生活平静到像是一个结了冰的湖，表面上看起来一成不变，水面之下仍然生机勃勃。

而考拉的家庭是我生平所见最复杂的家庭，可以说是魔幻而传奇。他有四个姐姐，一个弟弟，但他却并不是父母的亲生儿子，而是被他奶奶从同乡家里抱来并一手带大的。他到这个家里来的时候，他的养母肚子里还怀着一个小姑娘。

后来，他的养父母把这个比他小不了多少的妹妹送给了别人。于是他成了他们家排行第五的长子。

又过了两年，他的养母又生了他弟弟。你们可能都想象不到，我第一次听到的时候震惊的样子。这就是我自己的第一个可恨之处——过剩的好奇心。当时我居然因为他的这种家庭我从来没见过，觉得很新奇，非常想要了解。却没有想到，像他这种原生家庭中成长起来的孩子，和我这样的人，性格差异会有多大。

雁过留声，人过留名

我突然不知道我自己为什么要写这个故事了。我对这个人没有任何感情了，不爱不恨，不以其悲，不以其喜。虽然被甩的是我，但我也不曾歇斯底里，更不曾悲痛欲绝。

大概我早就不想再继续和他在一起了，但却找不到合适的机会和理由告诉他。所以在他说分手的时候，我才能没有半点犹豫，平静地说了好。反而是考拉后来不太淡定，几次三番地来找我复合。我只是摇头再摇头，但是至于为什么不愿意再和考拉在一起，我自己也说不出个所以然。

也许只是因为我自己长大了吧。

还是继续写下去吧，就当作是一个长长的笑话，博你一笑。哈哈……我还是先笑为敬吧。

“师者，所以传道受业解惑也”

或许我应该叫考拉一声“老师”，他绝对当之无愧。他真的教会我非常多的东西，比如“如何鉴别渣男”“如何辨别一个男生是不是爱你”“如何识别一个男生的谎言”诸如此类。

他向我抛出这些问题，然后让我在他身上找答案。他是不是一个非常称职的老师？我觉得他是。

有他这样的“名师”，自然就有我这样的“高徒”。只用了一两年时间，我就把他的把戏学了个七七八八，甚至还隐隐有了青出于蓝而胜于蓝的架势。

于是我和考拉就进入了一种见招拆招的模式，或者说是相爱相杀。其实现在认真想想，我大概从那时开始就不爱他了。

狂热的“婚嫁主义者”vs 真诚的“不婚主义者”

考拉是个狂热的婚嫁主义者，当然这个词只是字面意思。他总说要我跟他毕业就结婚，结婚就生小孩，生了第一个就生第二个，生完孩子就要相夫教子诸如此类的未来憧憬。

我一开始还会附和一两句，后来就厌倦了，再后来就开始觉得倒胃口，因为我是个真诚的不婚主义者。

无论和谁在一起，我都从来没想过结婚这件事。也许有人会说，不以结婚为目的的恋爱，都是耍流氓。那就当我是个女流氓吧！不过我倒也不是讨厌结婚，只是单纯地没有准备好而已。我和考拉的关系大概就建立在这种不稳定的基础上。对于爱情不同的憧憬，决定了我们在这段爱情里采取的态度，自然也就决定了这段感情的走向和结局。

“失恋 = 挂科”

都说毕业季就是分手季，所以和我同时失恋的朋友也有几个。在她们都闹得天翻地覆要死要活的时候，我一个人安安静静地过自己的日子，不去深夜买醉，不去暴饮暴食，不会突然泪流满面，也不会强颜欢笑，按部就班地处理自己的毕业事宜，偶尔还要去处理一下失恋好友的糟糕情绪。

那天，一个眼睛红红的朋友，喝醉了扒着我的肩膀，用手指戳着我的头，一边笑一边哭着大声说：“你真是酷啊！被甩了还能这么淡定！老子羡慕你！”

我一边偏头躲开她的手，以防她冷不丁一指头戳瞎我，一边回答她：“是啊是啊我最酷，你也学学我，有点出息不好吗？”

我在心里叹了一口气。这世界上谁是最酷的人呢？是那个不爱你的人啊！谁又是天生的酷妹呢？不过是不爱了而已。

其实爱情里的所有事情，加在一起就是一张试卷，爱是一个钩，不爱是一个叉，及格就继续，不及格就挂科。就这么简单。

挂科？补考就是了。补考还不过？重修就是了。重修还不过呢？这破学分不要了，换一门课还不行吗？

在生活这所大学里，能选的科目太多了，非要和一门铁了心要挂你科的课死磕到底，除了夸你一句精神可嘉之外，再没有什么值得称赞的地方了。

七宗罪

我觉得爱情这种东西，会把人性的七宗罪体现得淋漓尽致。我和考拉的爱情也一样，如果我们之间这也能够称为爱情的话。

骄傲：这是我犯的最严重的罪。我不仅有着过剩的好奇心，同时也有着可怕的自尊心。我无法容忍考拉的不忠，但就此放手我又觉得自尊心受损。于是我开始把这段爱情视为一场战争，赌上我的时间、精力和心思，决心把他杀得片甲不留，却忽略了“伤人一千，自损八百”的道理。

嫉妒：这是属于我的罪。考拉似乎有种“万花丛中过，片叶不沾身”的绝技，总是流连在很多女孩子之间，比如他的红颜知己，再比如他数量惊人的前任。一开始我把这理解成浪子一般的气质，后来我卸下恋爱滤镜之后发现，其实他只是单纯的浪荡而已。

暴怒：和考拉在一起之后，我的脾气慢慢开始变得暴躁，也开始变得刻薄。一方面是因为我和考拉总是处在对抗的状态，另一方面也是因为我自己本身的性格缺陷。这是我的罪。

懒惰：我确实是一个懒惰的人。在我和考拉的恋爱当中，出现了分歧，我懒得协商；出现了误会，我懒得解释；出现了谎言，我懒得拆穿。直到最后，我懒得再爱他。这是我的罪。

贪婪：没有哪一个人在爱情里是不贪心的，我也一样。一开始，我觉得考拉不够好，我希望他变好一点，于是我希望他可以这样做、那样做。后来我对他停止了要求，并不是因为我对他满意，只是因为我对他失望。

暴食：暴食这件事对我而言不仅仅是字面意思，其实是代表了“享乐”。和考拉在一起，我们并没有做太多有意义的事情，玩乐占据了我们在一起的大多数时光。这并不是一件好事，因为我的自律性不够，这是我的罪。好在，我已经得到赦免。

色欲：这是唯一一个与我无关的罪。因为我从来不曾想过和考拉结婚，所以也一直不打算和他发展出什么肉体关系。但是考拉和我想的不一样，为了这件事他对我从花言巧语，到苦口婆心，到软硬兼施，再到后来的大吵大闹，直至最后大打出手，堪称是教科书一般的套路。可惜，我对这件事情没有兴趣，也不想承担这件事带来的风险。

初相见

Long long ago，是所有故事的开头。

我常常在想，我们每个人也许都是一个赛车手，平时会在自己的赛道上专心致志地行驶，然后在某个瞬间，猛打方向盘，闯进别人的世界里。是并驾齐驱还是车毁人亡，就要看各自的造化了。

我和考拉是大学同学，初见他是因为他借了我室友的一支铅笔，结果他另一个室友也没带笔，于是他就把一支铅笔一折两段，惹得我室友气急败坏。

我转头看了一眼，在心里给他下了一个结论，嗯，这是个脑洞少年。我看他的时候，他正好也望向我，我们的目光在空中碰了一下，他笑了。我立刻低头错开，我不认识他。

后来，他和我室友常常聊天。再后来，他知道了我的微信。再后来，我们成了朋友。

这原本就是件很平常的事。

没有开头的故事，迟早会有结尾

我和考拉在一起了。没有特别的告白，没有特殊的程序，我们只是越来越常待在一起，然后就算是在一起了。但在班里，我们还是装作陌生人，这是一种很奇怪的默契。

他从来不曾在公开场合和我说过一句话，我就也没有，不然会显得我很像花痴故意搭讪。我问过他为什么，他笑嘻嘻地说，“你看我们像不像搞地下恋情的明星？”我笑骂他自恋狂，就不再追究。

我也问他为什么从未告白，他故作深沉地对我说:“没有开头的故事，就不会有结尾。”我点点头，心里知道这是个彻头彻尾的借口，却不去刨根问底追问原因。

后来的后来，我才偶然知道，不肯告白，不能公开，不过是因为在其他学校，还有一个姑娘，在以他女朋友的身份生活着。而我和那个姑娘，因为他的卑鄙和狡猾，都成了不能见光的人。可我和她却都不自知，这是多可悲的状态。

三人行

在我不知道的情况下，考拉在我和那个姑娘之间周旋了好一阵子。我那时候不知道谁先谁后，还兀自理直气壮着。

现在想想，应该是她在先。在恋爱之初，我并没有很依赖他，不会想时时刻刻掌握他的行踪，这恰恰给他提供了方便。

直到有一天我去操场跑步，看到某个疑似考拉的身影，身边跟着个女孩子。

我打去电话，那条人影果然接起来，语气稀松平常："怎么啦？"

我也学着他语气稀松平常："你在哪里？"

"操场，跑步。"

多简洁的回答。

"哦？我也准备跑步，我去找你吧？"

"啊……不用了吧……我跑完准备回去了。"

"你和谁一起跑的？"

"和室友。"

"嗯，好啊。早点休息，再见。"

"嗯，你也早点休息，再见。"

放下电话，我歪着头远远看着他，然后才后知后觉地想：他刚刚是在跟我说谎吗？那这个谎言持续了多久呢？在他心里我是个傻瓜吧？这么想着，我默默地加速，追上了他们，从他们身边跑过，没有停下来。再绕回来时，他们已经不见了。

他是用什么理由把那个姑娘带离了操场呢？我现在还是不知道。

他试探着问我："你昨天去跑步了吗？我看到一个人特别像你，却没敢叫。"

我盯着他笑："你说要回去了，我就没去。"

他松了口气："那就是我太想你，都出现幻觉了。"

我大笑："是啊是啊。"

我心里也在放肆地大笑，笑他说谎话不脸红的模样。

预知自己未来的一瞬间

现在想来，我觉得那个姑娘比我聪明。在我亲眼所见之前，我从来没觉得考拉有什么不对的地方。

或许也因为她比那时候的我要了解他，又或许只是因为她的第六感，她感觉到了考拉的不对劲。于是她开始不安，开始焦躁，常常不打招呼就跑到学校来找考拉，也开始对他有越来越多的要求和控制，最后终于给了考拉足够的理由甩了她。

后来，考拉跟我说起她，我听着考拉跟我描述上面的事情。听他一遍遍地对我说她的控制欲有多严重，她的暴躁和多疑有多疯狂。

我侧着头听着，没有发表意见，心里只是默默地说了一句："如果那个姑娘真的如你所言的那般疯狂，那也是你逼的。"

那一瞬间，我就洞悉了我自己的未来。那个姑娘现在的模样，就是我未来的结局。

长出恶魔的角

我第一次觉得考拉可怕是什么时候呢？是一次我们闲聊，说起了高考。他说他复读了一年，然后他突然说："我跟你说一个谁也不知道的秘密吧！"我饶有兴趣地点头说好。

他说，当年第一次高考结束，分数出来，他知道自己考得并不好。他当时的女朋友考得也不好。但是他们两个的成绩差不多，可以去同一所学校。填报志愿的时候，他女朋友就问他报了哪里，考拉说了学校的名字。女孩又问他有没有服从调剂，考拉说有。但其实他没有，他说谎了。

后来，女孩子被一个三本院校录取，而考拉滑档复读，第二年考入了我们现在的大学。

我问考拉："你为什么要说谎？"

考拉挠挠头，无所谓地说："这也算说谎吗？我一方面是想分手了，不太想跟她去同一所学校，另一方面我早就决定好了再考的。"

那一瞬间，我清清楚楚地看到，在操场上强烈的灯光之下，考拉映在地上的影子，长出了恶魔的角。我没办法形容自己当时的心情。能够改变别人命运的选项，在考拉心里似乎一文不值。他只是随口说说，就改变了一个女孩子的前途。

那个女孩子有多相信他啊，他却从不觉得自己辜负了别人，还把这件事当作一桩趣事，扬扬得意地讲给我听。分明是夏夜，我却感觉到了彻骨的冷。

我到底是和一个什么样的人在一起啊？就在那个晚上，我彻底明白，我面前的这个人，不仅不能托付，连信任都不可以。

“地主家的傻儿子”（上）

这是我对考拉的定义。一开始还勉强可以称之为“爱称”，到了最后，就直接可以看作是骂人的委婉说法。

比如，某天考拉的父母来我们城市的武警医院体检。

然后考拉突然给我发消息：“你们这的人怎么这么没素质？”

我：“怎么了？”

考拉：“这医院人这么多，还有人插队！导医也不管管！还是穿军装的人呢……也好意思！”

我一愣，咬着牙把骂人的话吞了下去：“你个傻……瓜。那叫‘军人军属优先’！你有没有一点常识？”

再比如，我们学校有一个教授会弹古琴。有一次表演，考拉拍拍我：“你说男的学古筝会不会有点娘？”

我：“……”

再比如，我们一起玩《英雄联盟》的时候，我喜欢法师一类长得好看的角色，考拉就用万年上单盖伦。然后我们打团的时候他就在带线，疯狂带线，叫也不参团，留下我们这些“脆皮”被团灭。

考拉还很生气：“你怎么那么笨？”

我：“我笨？你这种智商基本上告别竞技类游戏了。”

这些大概是和考拉在一起快一年的时候发生的事情，现在就只能想起这些事了。这个人，既没有常识，又不懂得尊重。

“地主家的傻儿子”（下）

上一条我着重写了他的“傻”，这一条的话，我来写写“地主家”吧。

考拉家里似乎在做什么和煤矿有关的生意，在他那个城市似乎还小有名气，收入颇丰，家境殷实。想想也是，能够生养六个孩子的家庭，怎么样也不会太差。

室友告诉我，考拉真的是个富家子。我一向没有什么金钱概念，也不知道有多少财富才算得上是富。不过我倒挺确定一件事的，就是无论考拉家里有多少钱，他都算不上是富家公子，最多算是土豪，或者说是暴发户。

考拉身上没有贵气，说得具体一些就是，他没有品位，也没有教养。他一个月可以挥霍掉数万块钱，但这里面没有一分钱是用来提升自己的。

我曾经在书店看到一本我很喜欢的书，精装版，我拿在手里准备买。我家里的平装版被我翻到快要报废了。

考拉问我："多少钱？"

我说："五十几块吧。"

考拉咂咂嘴："现在的书都这么贵了啊。"

我低低地回了一句："还不如你一杯酒钱贵。"

然后我默默掏钱买下来，之后再也没有和他一起进过书店，就像我从来不曾跟他一起进过酒吧一样。

其实我也去酒吧，只是不愿意和他一起去。考拉常常跟我说要带我去某某酒吧，名字我也记不住了，说里面多好多好，如何如何热闹。每次我不说好也不说不好，只是在心里默默地盘算，到时候要用什么理由来拒绝他比较好。

那时候，我差不多和考拉在一起一年多一点儿吧，我们就已经找不到一点点共同爱好了。

差距就是用来追赶的

我时常把现在的自己和跟考拉在一起时的自己相比，然后发现自己真的成长了非常多。从一个情窦初开、被人耍得团团转的单纯姑娘，变成了一个有自己的判断力、不会轻易动摇的聪明姑娘。

一开始我觉得自己和考拉有很大的差距，无论是心计还是手段，甚至是对人心的揣摩和掌控，我都全然不是他的对手。所以在前一年的时间里，我都在做他手里的提线木偶。我的心情、我的时间、我的生活、我的性格，几乎全部被他支配了。

我和原先的朋友越来越疏远，甚至连回家的时间都没有。我几乎能够感觉到，他就像一根强壮的藤蔓，一点点攀上我的生活，在上面扎根，然后密密地把我缠绕起来，再一寸寸地将我绞杀。

不过差距就是用来追赶的，当我感受到了这种不舒服的状态之后，我试图反抗。第一次小小的挣扎引来了他的报复，他说我不够乖，然后开始和其他女生搞暧昧，用这种方式扼制我的反抗。

其实这是一种非常奏效的手段，尤其是对一个处于热恋期的女生来说。我决定换一种方式，于是很是乖巧了一段时间。

考拉觉得这种手段对我奏效，于是从此以后，每当我开始反抗的时候，他就会去找个红颜知己撩撩骚，或者和前女友叙叙旧情，不然就干脆出一次轨。

他用这种方式来宣告他比我受欢迎，他比我更懂得谈恋爱这件事，他比我更游刃有余。而我，就在考拉这样一次一次的魔鬼训练中，从一开始的伤心难过，不知所措，变得越来越冷静，越来越有判断力，越来越有洞察力，越来越淡定坚强，一步一步地追上了他的节奏。

直到某一天，我觉得自己准备好了，然后看着考拉的眼睛，告诉他：“你，就是个浪货。”

爱上一匹野马，头上全是草原

我和考拉的爱情列车，三天两头就会出现一次重大事故。通常是因为他脱轨、翻车，然后他再把这列车修修补补，让它继续向前奔驰。

我一开始总是很纳闷，为什么他总是会被我发现呢？既然想要出轨，为什么不再隐秘一点呢？直到有一天我恍然大悟：其实他根本就不怕被我知道。他知道以他的手段能够轻易地搞定我，能够让我放下这件事，继续待在他身边。

出轨的人被发现，不是因为他的手段不够高明，而是他觉得对我不需要使用那么高明的手段。我觉得我被他轻视了。

对他常常出轨这件事，比起伤心，我更多的是感觉到屈辱。感觉到的不是伤心，而是伤自尊。

于是，在某一次又出现了同样的问题之后，我和考拉的关系终于彻底变质，也让我开始往“变态”的方向发展。我赌上我的所有向他宣战，我们从恋人变成了对手。我们开始了漫长的拉锯战，却不知道战利品会是什么。也许结果只有两败俱伤，一地鸡毛。

关于独生女

我是独生女，考拉是长子。我觉得这样的身份，在我们目前的社会状况下，算是个不大不小的问题。我并非完全不在乎，但总觉得问题不是不能解决。

有一天，考拉突然跟我说："我觉得我们以后可能结不了婚。"

我猝不及防。

考拉继续说下去："你看，我是长子，你是独生女，我奶奶说独生女都是娇生惯养的，再加上你脾气又这么不好，以后住在一起的话，让你吃一点苦你肯定要不高兴的，这样的话，我妈妈奶奶也要不高兴，我到时候肯定要多为老人考虑一点，然后就要吵架，感情就不好了……"

后面还说了一大堆我不记得的话。

好不容易耐着性子等他啰唆完，我问了一句："你奶奶是独生女？"

考拉："当然不是！"

我："那她哪只眼睛看到独生女都娇生惯养了？"

考拉："听说的。"

我："没什么见识的人才总信听说的呢。"

考拉："你看，你就这暴脾气。"

我："对呀，暴脾气。结不了婚就算了呗。"

考拉："你居然这么不重视我们的感情！在一起还有什么意思！分手吧！"

我："行行行，就您戏多。"

关于家庭人数

不得不说，考拉为了跟我分手可以说是煞费苦心，找了各种各样的理由，包括家庭人数。我有时候真的超级佩服他，脑洞真的大，这种事情都能拿出来做文章。

我们家是三口之家，就住在一般的商品房里，考拉家最多的时候可以有二十几口人，住在自己盖的房子里。我想象不出那会是个什么场景，大概是我没什么见识吧，总觉得我不太能适应。

有一天，考拉拉着我的手腕说："你手腕这么细，肯定连我们家的锅都颠不起来。我们家锅可大了，要给二十多口人做饭呢。"

我一头雾水："我为什么要去你们家颠锅？"

考拉一脸理所当然："以后你嫁给我，肯定要在我们家做饭的啊。"

我又吓了一跳："你什么时候向我求婚了？"

考拉："还没有啊。"

我："那你做什么白日梦？"

考拉："这叫设想未来你懂不懂？"

我："行吧，你接着想。"

过了一会，考拉又说："你们家平时就三口人吗？"

我说："嗯。最多过年的时候有十来个吧。"

考拉嘿嘿笑着说："还是我们家热闹，最多能有二十多口人呢！"

我："嗯嗯嗯，你们家多牛啊。"

又过了一会，考拉突然很忧愁："我们家人多，有事了大家可以相互帮衬，那你们家人那么少，有个什么事怎么办？等以后结婚了，我们家估计总得帮你们家忙。”

说来惭愧，我这个暴脾气一下就上来了。于是我和考拉爆发了一场舌战。

我：“什么叫你们家‘总’得帮我们家？那前面这么多年我不认识你，我们家还过不了了？”

考拉：“你们家人少嘛，有事应付不来，不就得指望我们家吗？”

我：“哪那么大的脸啊，还指望着你们家？人少事少、人多事多你懂不懂？你们家那么多破事不给我们家添麻烦就不错了。”

考拉：“我们家里人都还算有本事，而且人多，一般都能自己解决，不用求人。”

我：“那你意思是我们家人没本事呗，得仰赖你们家呗。你哪来的自信啊？我什么时候让你帮忙了？我连微信投票都用不着你知道吗？”

考拉：“是是是，你用不着我，用不着我还跟我在一起干吗呢？分手不就行了吗。”

我：“随你的便吧。”

现在想想，其实完全没必要跟他吵，横竖我们两家人是不会有交集的。但当时就是不希望他有那种“我得依靠他”的心态。因为我觉得两个人在一起，心态上必须平等，才可能有尊重可言。

关于面相和属相

考拉和他的家人迷信的程度可以说已经达到了愚昧的级别，不过这件事以后再说。

我一直是个非常普通的姑娘，有着普通的身高，普通的样貌，普通的生活环境，在普通的年纪打算谈一场普通的恋爱。我的意思是，我接下来要说的面相，和长相无关，也没有任何科学依据。

有一次，考拉给他家人看了我的照片（在我不知情的情况下），当我听到这件事的时候就已经很不开心了，这也是我和他吵架的伏笔。

某个寒假，考拉毫无征兆地发微信要跟我分手。

我："你又吃什么脏东西了？"

考拉："我刚给家里人看了你的照片。"

说着，他发过来一张我 cosplay（装扮成虚拟角色）的照片。

我："要看你不能早说吗？我会发普通一点的给你。"

考拉："我想让他们看你真实的样子。"

我："所以在你眼里 cos（cosplay 的简称）过的我是真实的？"

考拉："反正我已经给他们看过了，他们劝我分手。"

我："你废话！那种闹着玩的照片，哪个长辈看了会高兴？"

考拉："也不光是因为照片……"

我："还有呢？"

考拉："你是属狗的嘛，我奶奶说咱俩属相不合……"

我："哟呵，你们家还有人会算命？"

考拉："也不是算命，就是老一辈的经验……"

我："所以你想说，不听老人言，吃亏在眼前？"

考拉："对……还有……"

我："还有啥？"

考拉："我奶奶说你额头太大了，眉毛也立着，面相不好，将来结了婚可能对我有妨碍。"

我如今反思自己，深深觉得，自己的脾气是不太好。考拉刚开始找借口的时候，我就已经准备开始"暴走"了，最后这一句话把我瞬间点燃。

我："呵呵！我权当她在放屁！"

考拉："你怎么能这么说我奶奶呢？"

我："她都这么说我了，我怎么就不能说她了？"

考拉："那好歹是长辈呀！你怎么一点都不尊重人？"

我："你知不知道不是所有上了年纪的人都值得尊重？有德行、有智慧的才应该尊重，像这种既没见识又愚昧的行为只能说是倚老卖老、为老不尊！"

考拉："你话都说成这样了，咱俩还怎么在一起？"

我："你脑子有泡？你奶奶都说了我要妨碍你了，你还跟我在一起干吗呀？"

考拉："那就分手吧！"

我："好走了您嘞！"

现在回过头去看这些事情，我发现从那个时候开始，我们的“三观”就完完全全不一致。他从原生家庭里汲取的东西，在我看来都是匪夷所思的。而我所拥有的思维和行为方式，在他看来又太过以自我为中心。我牙尖嘴利、不管不顾的脾气，让他开始觉得难以驾驭。

自我反省

说了考拉那么多的不好，难道我就全然没问题吗？当然不是这样的，一个巴掌拍不响。我时常觉得自己像是一面镜子，别人给我的好与坏，我都只会原样反射回去，或者说像一只皮球，用多大的力气拍下去，就会用多大的力量弹起来。在我的字典里，既没有恩将仇报，也没有以德报怨。别人对我的好与坏我都会记得，然后在适当的时候还回去。

或许这样的性格特质会显得有些斤斤计较，不过各人有各人的性格不是吗？金牛座人的固执是深入骨髓的。认定了一件事一定要做到底，原则性极强，如果不是自愿，绝不可能为任何人改变一丝一毫。

除此之外，我还有着超乎寻常的刚烈秉性，宁折不弯，遇强则强，而且极其耿直。说得不好听一点就是，绝对不看别人的脸色，全然不懂得审时度势，再加上天生的快人快语和牙尖嘴利。

我确实是个非常难相处的人，真心很感谢考拉包容了我很久。但是再怎么感谢，也改变不了我们俩不合适的现实啊。他不能够真心相待，我也不能委曲求全，所以就会变成现在这样子。

第一次被宣战

我一直以为这只是我和考拉两个人的战争，没想到突然有一天加入了第三方，事态一下子就变得白热化，令人猝不及防地演变成了一场三方竞赛。这就很尴尬了不是吗？

很平常的一天里，考拉打电话给我："出来吃饭吧，介绍个朋友给你。"

我颇为惊奇，太阳打西边出来了？考拉一向不愿意把我带进他的朋友圈，我也没什么合适的理由拒绝，那就去吧。结果我怎么也没想到，这居然能是一场鸿门宴。

和考拉见面之后，我们坐公交去另一所大学门口，说是约在了那附近。一路上，考拉没有跟我说任何关于今天吃饭的事情，现在看来他是打定主意要打我一个措手不及了。我那时候没有察觉到什么不对劲，也很配合地什么都没有问。

下车之后，考拉没有急着去约定的地点，而是找了一家糕点店，买了些糕点。我扬了扬眉，看来今天是和女孩子一起吃饭啊。不知道是个什么样的姑娘呢？到了大学门口，考拉给她打了个电话，然后告诉我等一下，她马上就来。

我点头，随口问了一句："女孩子？"

考拉一愣，然后点头："是啊，你还猜得挺准。"

我笑笑，心里想：要是男孩你还买甜点？我自己也是女孩子，但我真的不知道"等一下"这个时间怎么算，五分钟还是十分钟？

我和考拉已经在门口等了20分钟，还是连姑娘的影儿都没见到。

我问考拉："她知道你会带我来吗？"

考拉点点头："知道。"

我忍不住问："为什么呢？为什么带我见她呢？"

考拉皱皱眉，笑了："还不是因为你，总是怀疑我跟这个人那个人的，干脆就带你见见我的异性朋友。"

我还想问："为什么是这个人？"但终究没有问出口。

等了半小时，我们要等的人终于来了。我现在真的一丝一毫都回忆不起来那个姑娘的脸，也说不好是漂亮还是不漂亮。只记得她有一个很别致的姓氏——巫。

考拉走上前去笑着和巫寒暄，把手上的糕点递过去。

巫笑着说："来都来了，还买什么东西……"

不知道他们什么时候能看见我呢？我站在考拉身后三步远的地方，看着马路上车水马龙，听着人行道上人声喧闹。这世界上的一切都和我有关，除了他们两个人。

硝烟弥漫的一顿午饭

我们见面了，考拉始终没有向巫介绍我，而巫呢？非常配合地看也没看我一眼，仿佛我不是和他们一起的一样。我微笑着站在后面，心里开始飞速地判断状况。好像有什么不对劲。

他们寒暄完了之后，考拉问在哪吃饭，巫转身带路，考拉才第一次回头看我，然后朝我招招手，示意我跟上来。

我似笑非笑地走上去，问了一句："你的朋友来了？我怎么没看见呢？"

考拉一愣，指了指巫："那不是吗？"

我笑起来："呀，那你怎么也不介绍一下？没礼貌。"

考拉也笑起来："哎呀，都是熟人，没那么多规矩。"

我一下子不笑了："我可和'你们'不熟。"然后径自走到一边去。

考拉真的把我当傻子了！哈哈！我始终相信，人是有气场的。脸上不表现出来的情绪，还是会通过气场一丝一缕地向外散发。所以有些人才会一见如故，而有些人第一次见面就觉得合不来——我想我和巫就是这样的。

走到吃饭的地方，三个人，坐一张四人桌，连选个座位都变得很困难。巫站在桌旁不肯坐下，我也不知道为什么。考拉倒是大剌剌地随便坐了下去，我盯着巫看，看她准备坐在哪里。巫看了我一眼，坐在了考拉对面。我笑了笑，坐在巫旁边。巫一愣，看了我一眼，我冲她笑。

我们去的是川菜馆，我不能吃辣，但考拉肯定没告诉巫这一点，因为他一向不在乎我能不能吃什么。我吃得汗流浃背，不停地吸气。

巫问我："辣吗？"

我点头："辣！"

巫看了看考拉，说："哎呀，要不重点一桌吧。"

考拉笑了："哎呀，吃吧，哪有那么娇气。"

巫笑了："那就吃吧。"

这顿饭，我埋头苦吃，基本上没有说话。并不是我不想说话，只是巫和考拉不断地在叙旧，说考拉高中时如何如何讨人喜欢，说巫以前有什么样的糗事，说的都是我不知道的旧事，我能说什么呢？我安静地听着，吃着，没有插话，脸上也没有一点不高兴的神情。

我不在乎他们在说什么。巫在说话的间隙不断地看我，我只管吃，不去看她。

吃饱了饭，我放下筷子，看着巫笑："多谢款待。"

巫的脸色僵了僵："不用客气。"

我笑得更加开心了。演戏要演全套，装傻要装到底，这道理我懂。

决不撕破的面具

吃过饭后，考拉和巫决定再在附近转转，毕竟是好久不见的"老友"，就是有说不完的话。我自然是没有意见的，让他们更长时间地待在一起，我才能更多地掌握情况不是吗？

转着转着，看到一个什么店搞活动，说是买什么东西送一对情侣玩偶。巫站在那家店门口，看着考拉说："给咱俩弄一对吧！"那一瞬间我简直要为我自己鼓掌了。

我今天是见到了活的情敌啊！我的直觉怎么可以这么准确！我简直是个天才啊！

考拉飞快地瞄了我一眼，我不去看他，只笑着看巫："可以啊，喜欢就买吧，挺好看的。"仿佛察觉不到她的话外之音。

巫的眼睛死死地盯考拉身上，一眼都没看过我。也对，其实她就没把我放在眼里嘛。

考拉干笑了两声："呃，算了吧。我一个大男人要玩偶干什么。"

巫也没再坚持。

回去的路上，考拉问我今天感觉怎么样，我回答："很好啊，吃得很饱。"

考拉又问："你觉得巫怎么样？"

我看着他："怎么？你今天是来相亲的？"

考拉讪笑："你看你，又说到哪去了。"

我也笑："挺好的，那姑娘一看就跟你是特别好的朋友，关系不是一般的好。"

考拉点头："对的，所以才带你认识认识。"

我"嗯"了一声，把头偏向窗外。考拉今天真是给了我一个大惊喜呢。

互联网时代

现在是互联网时代了嘛，我就算不是专业的技术人才，基本的搜索操作还是可以掌握的。于是我开始通过考拉的社交网络，查找关于巫的信息。然后不得不再次感慨，互联网是个好东西。

我在当时的校内网上申请一个账号，找到考拉，再找他的高中同学，在其中找到巫，然后看到绑定的第三方社交账号，找到QQ、微信、微博，甚至还包括电话号码，然后去巫的空间和朋友圈遛一圈，再悄悄地看一下考拉的手机。

虽然这一点做得不对，不过巫和考拉纠缠许久的故事，我已经能还原个七七八八了。真的不要小看女孩子的侦查能力，也许我们没有什么特殊的技巧，但是我们有着如同警犬般的嗅觉、野兔般的警觉和乌龟般的耐心。

何况，还有犯罪学的大原则做支撑：凡走过，必留下痕迹。

他和她的故事

其实巫和考拉的故事还挺平常的，至少在我看来是这样。总结起来大概就是……“恨不相逢未嫁时”吧。哈哈，说“嫁”是有点夸张，但差不多就是这个意思。

巫和考拉以前虽然是同班同学，但不太熟。巫原本是考拉朋友的女朋友，不过那个朋友和他们不同班。后来某一次聚会，考拉和巫才发现原来还有这么一层关系。后来考拉就常常帮朋友送东西给巫，平时也对她多有照顾，于是一来二去，两个人也相熟起来。

后来不知道怎么的，巫似乎觉得考拉比自己的男朋友更好，于是她开始了漫长的自我拉锯。既觉得对不起自己的正牌男友，又放不下对考拉的执念，常常把男朋友和考拉作比较，然后和男朋友吵架闹矛盾。

在巫不开心的时候，考拉又常常开导她、安慰她。于是终于有一天，巫甩了自己的男朋友，但考拉并没有跟她在一起。原因很简单，也很致命。考拉社交网络状态的原话是："兄弟的女人，我绝不会碰一下！"

不要问我为什么记得这么清楚，我第一次看到这的时候笑到捶键盘。这么"中二"又这么"装"的语气，绝对是考拉的风格，对我来说真的太有画面感了。

从朋友圈来看，巫似乎并不甘心，她仍然频繁和考拉互动，保持着他们有些小暧昧的关系。但作为一个女孩子，我认为从这里开始，考拉就做得有些不地道了。

我之前说过渣男的"三不原则"，就是从这里来的。考拉对巫就是，不拒绝，不负责，不解释。面对一个女生，明知道她喜欢你，如果你不喜欢的话就应该直接拒绝，而不是找一些模棱两可的理由回应。

考拉一开始在面对巫的表白的时候，总是喜欢找一些语焉不详的理由。比如什么"相见恨晚"啊，或者"朋友妻不可欺"之类的。这样会让巫觉得考拉是喜欢她的，只是他们的身份太尴尬才没能在一起。这就使得巫下定决心舍弃自己原本拥有的幸福，转而在考拉身上寻找缥缈不定的未来。

后来明知道巫是因为自己才分手，考拉却仍然不肯和巫在一起，但也没有给巫一个明确的态度。巫在社交网络上抛出的互动，考拉同样接招。有些写给男朋友看的文字图片，巫会特意 @ 考拉。我觉得这已经不是暗示而是明示了，但考拉都会一一点赞评论，却绝口不提他和巫的事情要怎么解决。

和所有处在暧昧关系里的女孩子一样，巫也时常会劝自己放手。有一段时间，她的状态里出现了非常多次“单相思”“自作多情”“放弃”这样的关键词。但每到这种时候，考拉又会关心她是不是不开心了，然后表示自己会支持她、理解她，再然后约她出来吃顿饭、聊聊天，就好像不知道巫是因为他才烦恼的一样。

虽然我和巫一直是站在对立的立场上，但我总是有点同情她。这是真心话。不过我也从来没对她客气过。这也是真的。同情又不等于能容忍她挑战我。

给你个机会向我表白

其实我一直很欣赏倒追男生的女孩子，觉得她们都很有勇气。不过面对倒追我男朋友的女孩子嘛，心情就比较微妙了。

和巫吃过饭的几天之后，我终于和她出现了正面交锋。原本这一个星期里，我就在花时间研究巫和考拉的关系，后来的一条短信，让考拉彻底成了“照镜子的猪八戒”——里外不是人。起因是我在考拉手机上看到一条短信，内容是“再给你个机会向我表白”，发件人是巫，时间是吃过饭的第二天。

我承认自己能够看到这条短信，是因为我有意为之，故意翻了考拉的手机，现在看来这绝对是错误的做法。我正准备再去微信看的时候，考拉过来从我手里抢下了手机，我一瞬间拍案而起（是真的拍了桌子）。

他皱着眉看我：“你怎么能乱翻我的手机？”

我挑着眉看他：“你怎么能这么对我？”

考拉继续皱眉：“你这么做不对。”

我继续挑眉：“你这么做也不对。”

然后我和考拉就陷入了沉默，非常尴尬的沉默。

还是我先打破了沉默：“你打算怎么办？”

考拉轻声说：“什么怎么办？”

我不想跟他兜圈子：“我和巫，选一个。”

考拉看着我：“我从来没和她在一起过。”

我笑起来：“我知道。她只是等你表白嘛。”

考拉低下头：“我没表白。”

我点头：“所以你打算怎么办？”

考拉说：“让这件事就这么过去吧。”

我长久地看着考拉的脸，然后说:“好。”

其实我知道，这件事情，考拉可以放过，我也可以放过，唯独巫是不会放过的。果然，又过了两天，巫的社交网络上更新了状态，大意就是相爱的人不能在一起很可惜。我看了看，然后下线。反正只要她不找到我面前来，我就当没这回事。毕竟两个姑娘家为一个男人争执，还是挺丢人的，况且还是个不怎么样的男人。

我一向爱自己的面子多过爱考拉的，不过我还是对巫保持着密切的关注，暗戳戳地观察着她的喜怒哀乐，我居然渐渐地体会到了一种类似跟踪狂的愉悦感。哈哈，开玩笑的。

直到有一天，我的微信上显示了好友申请，是巫，我认识她的头像。我点通过，然后不让她看我的朋友圈，毕竟我是个奉行神秘主义的人，接着随便给她改了一个备注。我不想让考拉知道这件事。

巫给我发消息问候，我不回复。我和她又不是朋友，有什么好聊的？然后她跟我谈起了考拉，说了很多很多，但具体的我不记得，大意就是她和考拉一起经历了很多。她一直发一直发，我把手机放在桌上，去洗了个苹果吃，吃完她还没有发完，我只好又去吃了一根香蕉。回来看她发得差不多了，我擦擦手，拿起手机回了一条：

“你的脸呢？”

新婚快乐

今天考拉结婚。新婚快乐！一定要长长久久地幸福下去哦！其实我是可以去参加婚礼的，但我最终还是决定不去。不光是因为距离有点远，还因为要给他份子钱。

无论是从时间成本还是金钱成本来看，我都觉得有点不值当。对我而言人和人之间就是如此，没有感情的话，就来计算价值，这样才算得清楚。爱和恨也是可以钱货两清的。

迥然不同的两个人

考拉结婚的正日子是今天，但是从昨天开始，有很多参加他婚礼的同学都赶了过去。于是我的朋友圈里也热闹起来，感觉就像是看了一场婚礼直播。看着同学们发出来的照片和视频，我不得不再次感慨：我和考拉是迥然不同的两个人，特别是在对婚姻的期待方面。

我总是希望在感情稳定之后再考虑结婚，在我看来，合适的人要比合适的时间重要得多。如果合适的人一直不出现的话，我一个人生活也没关系。而且我希望那个人是完全由我自己选的，除了爱情，再没有其他的条件。但考拉觉得在合适的时间结婚就可以了，所以他今天的新娘，就是他父亲帮他选好然后送到他身边的。倒不是说充分考虑家长意见的婚姻有什么不好，只是觉得其他方面考虑得太多，爱情占据的比重反而小了。

再说婚礼吧。我觉得最理想的婚礼形式，就是旅行结婚。如果不行的话，就办一场花园婚礼，如果还是不行的话，就办一场纯粹的中式婚礼。我实在是太讨厌现在这种不中不洋的婚礼形式了，有口沫横飞的司仪，还有各种奇葩环节，大家都很累。考拉是他们家的长子，经济条件也不错，婚礼一定是要大办特办的。所以我在朋友圈里，看到了挨挨挤挤摆着桌子的饭店，看到了十里八乡八竿子打不着的亲戚朋友，看到了婚床上摆着的“早生贵子”，看到了饭店门口写着新人名字的大红色充气拱门。幸好写的不是我的名字，太庆幸了。我的婚礼办成这样我会翻脸的，真的。

最有效的分手方式

如果让我说出一种最最有效的分手方式，那冷暴力当属第一了。这绝对是性价比最高的方法，成本低，出效果快，副作用还只会出现在对方身上，可以说是非常经济适用了。这一招是我跟考拉学的，但我是不会用的，因为我知道被冷暴力有多惨。

这是考拉对我的惯用手法。

比如聊着天突然消失，然后很久都杳无音信。

或者是毫无征兆地爽约，事后也没有合理解释。

再或者是收到礼物也不会表达感谢。

再或者让我生气然后他自己继续开心。

再或者是在大庭广众下把我骂到哭。

再或者是毫无理由地乱发脾气。

在经历这些的时候，我并不知道这就是冷暴力。我只是觉得我们的感情越来越坏，我们之间的距离也越来越远，然后我还会竭尽全力地去修复。这反而让考拉觉得我离不开他，他因此变得更嘚瑟，冷暴力的程度也就越发严重。

我觉得自己当时就像是一张弓，一点点慢慢被考拉拉满，然后，开弓——没有回头箭。

我的眼泪只值一盘素菜

和考拉在一起的大多数时候，我都是委屈的，也说不清楚具体的原因是什么。

某一次在教室上自习，我坐在靠窗的位子，他坐外面。

考拉突然把杯子递给我："去接水。"

我一脸蒙："你坐外面你不会去？"

考拉皱眉："懒死你了。让你帮我接水都不行，喝水就有你！"

我："做贼的喊抓贼。分明是你坐在外面都懒得动弹，这也能甩锅给我？"

考拉把杯子重重地顿在桌上："女人家也能这么懒，那就都别喝。"

我:“OK！”

某一天在饭店吃饭，素菜自助。

考拉:“你去拿。”

我就简单拿了几样。吃完之后，考拉让我再去拿，我就拿了几样之前没拿过的。

回来刚把盘子放下，考拉就开始喷我:“你懂不懂搭配啊？拿这些怎么吃啊？之前觉得好吃的你也没拿，拿的这些都是啥啊？你怎么这么笨呢？”

然后我一瞬间就飙泪了，真的超级委屈。什么叫作出力不讨好？就是我这样的。

某一次玩《英雄联盟》，输了。

考拉怒火万丈:“你怎么回事？输了都是因为你！你要是能多辅助我一点我们会输吗？”

我一样怒火万丈:“你又不是AD（造成物理伤害的英雄），辅助你干什么？我又不是吃饱了撑的！你一个上单带线不参团，你怕不是疯了？”

考拉继续愤怒:“就不该跟你这种人在一起玩，倒霉得要死！”

我瞬间暴走:“就你，吃啥啥不剩，干啥啥不行，玩游戏都玩不到前头去！你还能干啥？一个破游戏这么长时间狗都会玩了，你还这么菜！猪脑子！”

然后关机走人。

一句题外话——玩团队竞技类游戏一定要做好愤怒管理。

不知道为什么，这几件事我能记得这么清楚，大约是因为当时真的太生气了吧。

“钢铁直男”的爱情观

考拉是个“钢铁直男”，还是宁折不弯的那种，所以他对我的要求是这样的：

第一要美。他抱怨过我无数次为什么出门不化妆，我也跟他强调过无数次，化不化妆，化什么样的妆，都是我的事。但他只要一看到我不化妆的样子就说我丑，不过反正我也不太在意。

第二要瘦。考拉总是说我胖（其实我还不到 100 斤），并且用胖来佐证我懒。我每次只有一句话告诉他：“吃你家大米了？”

第三要孝。考拉总是跟我说，以后结婚的话，要和他们家人同住，我要给他们家二十几口人做饭，我要和他妈妈一起种地，我要帮他姐姐带孩子。还说像我这么笨又这么懒的姑娘，他们家其实一点都不喜欢，所以我要更积极地做事情，让他们家人喜欢我。

第四要顺。考拉总是跟我说：“你待在我身后就好了，什么都不用做。”不要以为他是在心疼我，他只不过是不希望我提出反对意见罢了。不管他做出的决定有多离谱，我都必须服从。按照他的理论就是，即使他错了，我们也要一起受苦，这样才能体现我们的感情有多深。

第五要贤。考拉有很多酒肉朋友，他经常会和他们出去聚餐，有时候会拉着我一起去。他就希望我在酒桌上的表现让他满意，比如说和酒友们寒暄，比如说帮他挡酒，比如说给他夹他喜欢的菜，比如说抢着替他买单。可惜我统统都做不到。我只会冷着一张脸坐在酒桌上，看着他们侃得口沫横飞直犯恶心。

这么几个字的要求我似乎一个都做不到，于是我就自己把自己“out”了。

丧心病狂的礼物之一

说到礼物，我突然想起一句歌词:“你送的礼物，会不会太特别？”这也是我想问考拉的话。我们在一起三年多吧？好像是。他送过我什么东西我几乎不记得了，当然，奇特的东西还是印象深刻的。

那我都从他那收到过什么东西呢？一套熊玩偶。我一直很喜欢想念熊那种形象，圆圆的憨憨的模样。结果有一次考拉送了我一整套想念熊，从大到小大概有五只吧，他让我去拿的时候我都快哭了！你以为是感动的吗？最大的那只熊有一米八！装在箱子里我以为他送了我一台冰箱！我宿舍在五楼，我一个人搬上去的。进宿舍的时候宿管阿姨拦住我，说是电器不可以带上楼。敢情阿姨也以为是一台冰箱呗！

好不容易拿上楼了，如何安置它又是一个大问题。宿舍的床 1.2 米 ×2 米，就那么大地方，有熊没我，有我没熊。要不然我就只能把熊当床垫，我睡它身上。要是塞柜子里的话，我的衣服怎么办？有了这只熊，我们宿舍仿佛多出一个人！

后来放寒假，我赶紧把这只熊拿回家，又被我妈妈骂惨了，问我为什么要买这种大而无用的玩意。我有什么办法？我也很无奈啊！现在那只熊还在我衣柜顶上睡着呢。不要问我为什么不处理掉，因为没人要啊！而且我根本没有勇气把它拖下来。

在此也提醒各位，送礼法则第一条：送礼物请选择体积不那么出挑的，不然对大家都是个负担。

丧心病狂的礼物之二

我真的不知道我收到的都是些什么玩意。有一年圣诞节吧好像是，考拉给了我两个苹果，说是平安果，一个是红得发黑的蛇果，另一个是发白的青苹果，还用非常精美的包装盒装着。

一切看起来都那么完美，直到我回宿舍咬了一口苹果，我瞬间凌乱。当时就在想：白雪公主咬到毒苹果的口感也就不过如此吧！太难吃了！那个蛇果，别看它颜色重，完全没味道！青苹果，看起来淡淡的，一口下去堪比柠檬！都是这么超出我心里预期的味道！

关键是考拉还发了个微信来问我好不好吃。

我昧着良心说："好吃，谢谢！"

结果考拉不愧是属猴的，立刻顺杆爬，开始埋怨我："你看看我，多有心，给你送的都是既有外在美又有内在美的东西。你再看看你，就给我一般的苹果，还不太甜，我吃完都没啥感觉。”

我：“……真是个有意义的圣诞节啊……大佬你好歹是能吃完，我是连第二口都吃不下去啊！你只是觉得不太甜，我是在用生命吃苹果啊！你送了就算了，还来问我用户体验？问了就算了，还要继续标榜你送的苹果好吃？”我以为是考拉的舌头坏掉了，结果考拉说他根本没试吃过。

送礼法则第二条：送别人食物之前，最好尝尝同类食品，否则不知道送的是蜜糖还是砒霜。

再也没有出现过的姑娘

我想了很久，突然想起了我和巫的结局。巫其实是个非常有攻击性的人，她可以跟我撕破脸来争抢。扪心自问，这一点我是做不到的，可能也是因为还不够爱吧。

其实现在想想，要是我当时放手就好了，毕竟她那么喜欢考拉，那样说不定还会有人幸福呢。可惜当时我看不开啊。

有一天巫到我们学校找考拉，我事先当然是并不知情的。只不过那一天我正好叫考拉一起吃饭，他平时都很乐意，只有那天表示为难。我现在也不清楚，我当时是察觉到了什么，还是只是牛脾气上来了，总之就是不依不饶，一定要和考拉同行，否则他就哪儿也不能去。

最后考拉带我一起去见了巫。巫一看见我，一张脸顿时垮了下来，我觉得我大概也差不多，因为我也没想到见到的人会是她呀。那天说了什么我现在已经不太记得了，但是巫哭得很惨，还骂了考拉。我只能站在旁边一言不发。我能说什么呢？我不想去安慰巫，也不想替考拉说话。

后来巫哭着走掉了。考拉叹了口气，转身往学校走。

我看了看巫跑掉的方向，问考拉："不用管她吗？"

考拉很生气地回身看我："都是因为你，你现在倒开始装好人了？"

我当时大概是有些惊讶吧，惊讶于考拉的厚脸皮，这种时候居然有脸对我发脾气。

我从鼻子里哼了一声："随便你，反正也不是我的事。怎么，看你这么生气，很心疼人家呢。"

考拉还是自顾自地生气："你害得我们连朋友都没的做了你知不知道？"

我开始皱眉头："怎么我今天是给你脸了？你这么有底气？你想跟人家做朋友，人家是想跟你做男女朋友！你自己心里没数？揣着明白装糊涂？你还要不要脸？"

考拉声音陡然拔高："我们不是没怎么样吗！"

我更大声地吼回去："这样还不够？那你还想怎么样？"

考拉气得要死："我把巫惹哭了，你还来跟我闹。这下我真成了猪八戒照镜子——里外不是人了。"

我冷笑起来：“你今天才知道你是猪八戒？我早就知道了。猪八戒不仅里外不是人，不是还见一个爱一个嘛。今天是巫，谁知道明天是谁。”

考拉叹气再叹气，转身就走。我不远不近地跟在他身后，也不知道脑子里在想什么。

从此之后，我真的再没听到巫的消息。没能和考拉在一起这件事，不知道对她来说，算是幸运还是遗憾？

“成人礼”（上）

犹豫了很久，还是决定说说这一段，毕竟这是最让我失望的一段。我遇见考拉的时候已经成年，但 19 岁生日是和他一起过的。那天的行程都是考拉安排的，我们两个人吃饭散步看电影，我过得非常非常开心。电影散场已经午夜了，考拉说学校肯定回不去了，不如住在外面好了。我同意了。

其实在我和考拉没在一起的时候，我们也有住在外面的经历，比如因为去外地考试，短途旅行，或者其他很多原因而住酒店。那时候我们就是找一间酒店，不是招待所，也不是民房，就是非常正规的酒店，然后开一间两张床的房间，进去之后洗漱完毕，然后和衣而眠。为什么不开两间？因为我不敢一个人睡在酒店的房间里。我那时候觉得这样更安全，现在想想，我还是太天真了。

那天也一样，没有任何异常。进门之后洗洗漱漱，然后我一头扎在床上，拉好被子，跟考拉说了晚安，就准备睡了。

结果考拉过来坐在我床边："我还有生日礼物没有送给你呢。"

我眼都没睁："哦？还有礼物？是什么啊？"

考拉笑了笑，低头吻了我，然后在我耳边低低地说："我。"

在我还没有反应过来考拉在说什么的时候，他已经溜上床钻进我被子里了。我条件反射地去推他，结果我摸到了他的胸。我立刻抽回手往后退，结果就是我滚下了床，然后很没形象地"五体投地"地趴在床边。我跪在地上，一瞬间头脑空白，然后手掌和膝盖的痛感让我恢复了理智。

我现在面临的是怎样的状况呢？考拉手撑着头，侧卧在床上，居高临下地看着我。而我呢？一脸的惊慌失措，跪伏在床下极尽狼狈。

然后我问了一个最无知的问题："你干吗？"

其实我觉得我知道他要干吗，只是太震惊所以想要再次确认一下。

考拉笑嘻嘻地坐起身，向我展开双臂："送你礼物啊。"

在房间里昏黄的灯光下，我看到了考拉赤裸的上身，他的肩头、胸膛、臂膀。他打篮球的时候常常会赤膊上阵，所以其实我并不是第一次看到这些，但却是第一次感觉到恐惧。和恐惧伴随而来的是什么样的情绪呢？对我而言，是暴怒。

“成人礼”（下）

我这个人有一个缺点，就是一旦怒火烧到头上，我整个人就会立刻“斯巴达”，就会出现口不择言的症状。我想当时就是处于这种状态中。

我立刻就跳起来破口大骂：“我过生日！你的礼物是你自己？你当自己是鸭子吗？我又不会给你钱！你有病吗？”

后面还骂了什么我自己都不太记得，只是觉得所有的血液都冲进了大脑，我自己都听不清楚自己的声音。

后来呢？后来我就出门了，然后慢慢地沿着路走啊走啊，然后觉得自己的生活变得很荒诞，感觉周围的一切都在扭曲变形。有谁的男朋友会用肉体关系作为礼物？有谁的男朋友会觉得这是奖励？有谁的男朋友会在事前不和对方商量一下？

认真说起来，作为成年人，我们是可以自由地支配自己的身体，但是！但是！但是！是自己支配自己的，而不是由亲密关系中的某一方来决定。考拉的这种做法，给我一种压迫感，让我有种被强迫的感觉。这感觉非常糟糕。

如果说我们的感情已经非常稳定，相互非常信任，决定长久地在一起的话，我觉得是没有什么问题的。但当时我和考拉在一起不到一年，而且我们之间存在着无数的问题，最重要的是，我当时并没有决定好要和他长久地在一起。所以这件事在我看来毫无必要。

大人的恋爱问题

之所以说我不想长大，就是因为有太多太多莫名其妙的烦恼。这个世界太多元化了，有那么多和自己不相同的人，在世界的各个角落，用不同的方式生活着，经历着不同的故事。找到一个和自己步调一致的人太难了，况且自己也在不断变化。

我和考拉针对在我生日上发生的事情，陆陆续续有过几次讨论，结果却一次比一次糟糕。总结下来，大概可以分成五个阶段吧。

一、缓兵之计

第一次讨论这个问题的时候，我很冷静地跟他表达了我的看法。我说我没有做好这样的准备，还不准备和任何人发展任何肉体关系，这个任何人当然也包括他。考拉的态度让我觉得还算可以接受。他说他能够理解我，也能体谅我的心情，他对他那天的冲动做法表示抱歉，并且让我不要误解他，他只是想给我一个难忘的生日。我本来都快要原谅他了，最后一句话又让我差点失控暴走。什么叫“难忘的生日”啊？就为了一个“难忘的生日”，他就要给我一个不可逆转的伤害？！这不是惊喜是惊吓啊！

这一次的讨论就这么翻篇了，我也没有过多提及这件事，因为对那个时候的我而言，讨论这种事情还是有些尴尬的。我想只要传达了我的意思给考拉就够了，况且他也表示接受了。结果后来我才知道，这不过是他的缓兵之计罢了。

二、糖衣炮弹

考拉又一次提及上次的事情，大概是几个月之后了。我差不多快要忘记那件事了。某一天考拉带我去秋游，就在附近某个游乐场转了转，印象中那时候我们似乎关系很僵，但我忘记了原因。很多时候我们的关系都很僵。

秋天的阳光还是非常好，毕竟我们选了一个好天气出门啊。我们玩了一整天，骑了旋转木马，坐了摩天轮，还耐着性子给一个石膏像上了颜色。石膏像最后去哪里了呢？分手的时候我当着考拉的面摔了。

那时候考拉恶狠狠地瞪着我，说了句：“行，你有种。”

我斜睨着他：“你第一天认识我？我向来比你有种。”

又跑题了。秋天的太阳落得有点早了，还没到吃饭的时间，太阳已经挂在天边，准备回家吃饭了。我和考拉也只好找地方吃饭去。找好了饭店，点好了菜，坐着干等。

所以说人啊，有时候就怕太无聊了。考拉等得无聊，就跟我没话找话说，一来二去，话赶话地又说到了“滚床单”的事情上。这是我非常不愿意提及的话题。

考拉摸摸我的头，做了个开场白：“你还是个小姑娘呢。”

我点点头，没作声。

考拉叹了口气：“我其实挺理解你的。”

我又点点头，理解万岁。

考拉接着说：“但我觉得你也应该理解我。”

我还是点点头：“怎么理解呢？”

考拉用一种蛊惑人心的语气对我说："你看，我们都是成年人了，而且现在年轻人也不那么封建了。为什么你还有那么多的顾虑呢？我那么喜欢你，也会对你好，我想这么做也是因为你吸引我，我们以后会永远在一起的。对吧？尝试一下？怎么样？"（原话其实比这难听多了，这些差不多是考拉的整体意思，原话可没这么好听。）

我当时默默地听着，然后眯了眯眼，真心地开始感觉厌烦。缓兵之计用过了，就开始用糖衣炮弹了？承诺安抚，甜言蜜语？宁可相信这世界上有鬼，也别相信考拉这张破嘴。

于是我站起身来，伸了个懒腰，拍了拍考拉的肩膀，笑起来："没错，你说的都对。但我就是不想。这件事，你一个人说了可不算。走吧，今天玩得挺开心，回去吧。"

这一次，这件事又这么过去了。之后的几个月也没有被提起。我以为这件事以后都不会被提起了，结果我还是错了。

三、愚公移山

从小愚公移山的故事就告诉我们，只要肯坚持，没有什么事情是做不到的。我觉得可能考拉在这方面接受了不错的教育，所以他可以锲而不舍地对我洗脑。第三次再提起滚床单事件，都已经初冬了。

现在想想，考拉对这件事得多执着，才能把一件事从初夏磨到初冬。那一阵子我们有了一个共同的爱好，一起疯狂痴迷于《英雄联盟》，常常在网吧一待就是一整夜。考拉是个很有胜负欲的人，所以他很在乎游戏的输赢。我只是觉得里面的人物特别好看，所以输了我也无所谓。

那天我们又一次泡在网吧里，我一直在用不怎么厉害的漂亮英雄角色，所以一直输一直输，考拉就开始觉得烦躁了。

大概快到两点钟的时候，考拉突然说：“我困了。”

我正忙着玩游戏没空理他：“困了就睡。”

考拉就开始趴在桌上睡。

过了五分钟，他又爬起来：“这样睡不着。”

我才开始正眼看他：“那你要怎么样？”

考拉盯着我看：“我们找个酒店睡吧？”

我手一滑，屏幕上的漂亮姑娘又死了。

我回头看他：“你说什么？”

考拉坐直了身子：“我们出去睡吧？”

我撇撇嘴：“你是不是当我傻？”

考拉装傻：“你说什么呢，我就是困了。”

我也开始装傻：“那你就出去睡啊。”

考拉义正词严：“我怎么能把你一个人丢在这呢？多危险啊！”

我开始皱眉：“我跟你出去更危险好不好？”

考拉突然不装傻了：“你怎么能这样？”

我的角色复活了，我又专注于电脑：“你还好意思问我？你怎么能这样？”

考拉似乎很生气的样子：“咱们这样根本就不像是在谈恋爱！”

我也突然开始生气：“陪你睡就是谈恋爱了？那国家干吗还要扫

黄，都说是在谈恋爱不就得了？”

考拉气急败坏：“你别东拉西扯好不好？”

我更气急败坏：“你有完没完，一件破事你说了多久了？都跟你说了我不同意、不愿意、不乐意，你还想怎么样？”

考拉：“那就分手吧。这样也没什么意思。”

我根本没空理他：“哦。”

我还以为考拉会直接离开，结果他继续坐着和我玩了一夜。第二天，他就像是没事人一样，跟我一起吃早餐，回学校。于是这件事又这么过去了。

我现在想想，是我一直没有重视这件事。我总觉得我说明了我的想法就行了，但从来没有想过认认真真跟考拉聊聊，所以事情才会越变越糟糕。

四、刷新“三观”

第四次再提起滚床单的事情，已经到了圣诞节。从 5 月到 12 月，大半年过去了，我依旧没能打消考拉莫名其妙的想法，我是不是也太弱了？那一年的圣诞节我过得还不错，参加了很多有意思的项目。因为我其实是个不过节的人，所以很多活动都是第一次参加。

过完了圣诞，已经凌晨了，我和考拉走在还是很热闹的街道上。

考拉突然说：“这一年马上就要过去了。”

我还觉得很开心：“对呀，时间真快。”

考拉牵着我的手：“你也该长大了。”

我咯咯地笑："你这语气怎么那么像我爸爸。"

考拉也笑了："我才不想当你爸爸，我要做你的男人。"

我的笑一瞬间僵在了脸上："你现在不就是我男朋友吗？"

考拉摇摇头："不完全是。我们还是应该更亲密一点。"

我默默从考拉手里抽回手："我们一定要一直讨论这个问题吗？"

考拉开始暴躁："我谈了那么多女朋友，就你最麻烦了。"

我觉得不可思议："你谈每个女朋友都要求她们陪你睡吗？"

考拉的口气非常不善："废话！"

我试探着问："那你第一次是什么时候？"

考拉认真地想了想："大概高二吧？"

我倒抽一口冷气："真的假的？"

考拉斜着眼看我："骗你干吗？"

我点点头，没说什么，毕竟这件事已经刷新了我的"三观"。

我突然就理解了考拉的观点，对一个那么早就有了性经验的人而言，再多一次确实没什么关系。但同时我也觉得，考拉可能再也不能理解我的观点了，因为我们两个人已经不在同一立场了。

考拉又开始逼我："这根本就不是什么大事，你怎么就那么纠结呢？"

我真的开始失去了耐心："我干脆明说了吧，我不可能跟你睡的，绝对不可能。你要想找个女孩子陪你睡的话，完全可以去找那些你睡过的姑娘，反正我知道你们都还有联络。"

考拉开始生气："这可是你逼我的。"

我摇摇头："你想多了，我可没逼你，只是给你提个建议罢了。"

考拉觉得我们说话的声音太大了，于是把头凑近我，压低了声音："你现在是我的女朋友，所以必须得是你。"

我也觉得这种讨论被别人听到了不太好，于是也压低了声音："我说了不可能。谁都行，就是我不行。"

考拉捏住了我的手腕："如果我非要你呢？"

我想了想，好像比平时还淡定："你要是用强的话，那也没关系，但我一定会报警抓你的。不信你可以试试看。"

考拉笑了，松开我的手腕："你何必呢？"

我也笑了，揉揉我的手腕："你何苦呢？"

现在想想，把话说到了这个份儿上，我们两个已经算不上情侣了吧？但那时候我们还是在一起，每天若无其事地上课下课，吃饭散步，我现在也挺佩服那时候的自己的，完全是个小疯子。

五、最后一击

我和考拉关于滚床单的讨论，这是最后一次了。从此之后，考拉对这件事绝口不提，这当然是我非常乐意看到的结果了。不过，讨论的过程可以说是惊天动地，也让我即使是现在想起来，都觉得那时候的自己是铁血女汉子。虽然我们现在总是提倡男女平等，但平等的前提是承认差异。我和考拉最大的差别就在于体力差别，这是我亲身经历之后得到的结论。我经历了什么呢？我和考拉打了一架。

那天的记忆已经变得很混乱了，只记得我们两个正好好地上自习，突然就又说起了这件事。肯定是我先骂了他，大概就是一些“疯子”“人形泰迪”之类的话。大概是因为被骂了太多次，所以这次就激怒了他，他甩手抽了我一耳光，然后我毫不犹豫地还了手，接着两个人就开始扭打起来。结果自然是两个人都挂了彩。我是震惊于考拉会突然动手的，我长这么大还没见过这种阵仗。我甚至不记得当时自己疼不疼，只觉得愤怒、愤怒和愤怒，于是立刻抡起手上的书砸飞了他的眼镜。

考拉大概也吃了一惊，然后更生气，劈手过来夺下我手里的书，推了我一把。男孩子力气果然很大，我被推得一下子坐在椅子上，然后我顺势抬起腿在他肚子上踢了一脚。考拉过来抓住我的右手，我就立刻被钳制住了。我的左手没闲着，在他脸上打了一拳。考拉放开我，我推开他跑掉了。

其实我觉得考拉并不是真的想和我打架，要不然我肯定会被揍得非常惨，毕竟两个人在体力上差别太大了。他只是一直在试图压制我让我冷静下来，可惜我那时候根本冷静不下来。后来考拉来跟我道歉，我也跟他道了歉。毕竟两个人都动了手，而且我更像是在撒野。不过这件事倒是有一个好的结果，就是我再也不用担心滚床单的事情了。

潘多拉魔盒

有一天，考拉突然给我发来一封邮件，是一个压缩包。我以为是什么工作上的文件，火急火燎地找了个电脑打开，结果只是我们之前的合照。非常多，真的非常多，多到我根本不知道原来我们居然有那么多合照。我发微信问他为什么发这些东西给我，他说希望我留作一个备份。

我只觉得荒谬：“我连你人都删除了，还要留照片做备份？”

考拉回复我：“你不觉得你越是害怕看到这些，其实就说明你越是忘不了吗？”

我原本懒得和他争辩，但还是决定提醒他一下：“朋友麻烦你有点已婚人士的自觉性好吗？”然后不去管他再说什么。

至于那些照片，本来打算删掉了事，结果粗略浏览了一下，发现照片里记录下了很多我不记得的瞬间。

其实我并不是一直遇到不合拍的人，我也有过非常美好的爱情经历。但是我觉得每一段恋爱都有它的主题，我这个故事的主题就是奇葩又狗血。为了突出这个主题，我当然会主要写这些事情，这并不是说我们的恋爱当中没有美好的时刻，只不过与题无关罢了。

距离写下我们的故事已有半年，我认识了不少新朋友，也和不同的人讨论了这段关系带给我的影响，收到了很多不同的意见和建议。我对自己也有了不同的看法。虽然说一个合格的前任应该像一个死人，但因为我和考拉有工作上的交集，所以做一个合格的前任确实有困难。不过我可以保证，我现在和考拉保持着君子之交，只谈公事，不谈私事。虽然偶尔考拉会打破这个规则，依然会提及我和他以前是什么样子，但我好像彻彻底底地变成了一个旁观者，虽然记得，却没有感觉。这大概算是这段关系最好的结局了吧。

怎么才能走出前任的阴影？

前任博物馆

时间和新欢，但大多痴情的人都选了时间。

新欢是解决不了的，无时无刻不看到旧爱的影子，只会让我更难受。

柔情

当你明白一些道理，当你承受了时间的磨砺，当你开始对某个对你有好感的，你也对他有好感的异性笑的时候，当你真正开始重新把他加为你的联系人，心中却是云淡风轻的模样，我想那时你应该已经把他从你的心里移出些位置了吧。

张雨瑾

我“又双叒”一次进来找答案。

酷野大叔

实在忘不掉，那就记着吧。
记得他的好，还可以时常笑一笑。

孤独带来成熟

在自己心里给前任办葬礼，然后疯狂告诉自己要节哀。

FONGHONG
凤凰联动出品